U0001507

網漫、網路小說作家推薦本書的理由

Kim Seonmin《鐵血劍神》、《龍殺手不同等級的回歸》
創作故事時，總是會遇到意料之外的狀況。這本書是一本親切的指南，能在你遭遇不知何時會以何種方式出現的說故事的變數時，協助你冷靜地找到方法。

Park Serim《1970，仁淑》、《今天去抓走私犯》
我們需要說這些話的人，不對，是需要談論這些內容的寫作書。獨自橫越文本的茫茫大海，在烈陽下、在狂風暴雨中、在無人理解的孤獨中掙扎時，悄悄跟你說：「沒關係。」我們需要能這麼做的指南。再加上這本指南還親切且仔細地一一為我們說明心中對網漫以及網路小說好奇的種種。它讓我們不那麼孤獨，讓創作不那麼痛苦。

Suh Ire《VOE》、《正年》
機會來了，現在幾乎可以白白（？）獲得兩位作者長期研究故事敘事的時間和努力。在創作時，幾乎不會遇到那種龐大到眼前一片茫然的問題。困住我們的，大多是「這樣也可以嗎？」這類想問卻又瑣碎到不好意思發問的問題。但這也絕對不是能夠獨自解決的問題。兩位作者搜集了從構想、企畫、連載到合約等各階段的實戰中「真的」會遇到的問題，並且很有誠意地回答讀者。如果有這本猶如網漫創作的 FAQ（常見問題），那麼就能更享受創作的過程。

Woo Aram《偶像的祕密研究社》
從被創作的痛苦束縛的預備作家到其他同行，這本書針對所有人的恐懼拋出一句簡單卻明瞭的話語：「沒關係！」當你創作遇到瓶頸，正因為恐懼而顫抖時，強烈推薦你讀讀看這本書。

Woo Up《一年九班》、《19》
當你遇到創作這道高牆時，這本書能助你拿起名為寫作方法的鐵鎚，讓想創作網漫和網路小說，以及現在正以創作網漫及網路小說為業的作家萌生信心，相信書中會提出更有智慧的方法。

eul-seung《small》、《擦身而過是緣，滲透內心是愛》
「你難道不好奇嗎？」只要是創作者就一定會遇到的問題，以及簡明又親切的答案都收錄在書中。本書的目錄提出了許多問題。如果你腦中正在思考與創作相關的問題，你將能在本書中找到那些問題和相對應的答案！

Lee Rim 《死去的男人》、《老人的家》

從其他寫作書中無法得知我想寫什麼，以及我為什麼想寫那個故事，而且也找不到答案。想知道要怎麼寫的時候雖然很有幫助，但是卻很難從中找到故事的「Why」和「What」，對預備作家來說並不太親切。以前我都跟學生說，想知道該怎麼寫時再讀寫作書就好，但我想現在應該能收回這個意見了。謝謝兩位作者製作了一本很棒的指南。

李鍾範 《神探佛斯特》

通常都會將寫作書比喻成地圖。而地圖在旅行或冒險途中總是帶來很大的幫助。不過，一旦開始連載就會知道。連載既不是旅行也不是冒險，它更接近於「遇難」。對遇難者來說，比起地圖，急需的東西更多。急救藥物、指南針、能鎮定情緒的指尖陀螺（fidget spinner）等。這裡有本書在你遇難時才能發揮出真正的價值（在故事創作的旅途中雖然也會扮演地圖的角色）。就像是三種不同顏色的錦囊一樣，在需要的時候打開來看，一定會有幫助。

Zang-gu 《蜜桃雪酪》

如果你在自己寫的故事中迷失了方向，那麼就試著按照《IP 時代必備的創作指南》指導的去做。我讀了這本書後，解決了這個月的分鏡圖。

Jun Bun 《朝鮮搖滾明星》、《在後宮活下去》

當我從夢想成為作家的階段到真正成為作家的時候，第一次的連載就像是野外求生。想盡辦法結束第一次探險後，雖然有種「我現在也知道什麼是野外求生了」的感覺，但第二次探險又跟第一次探險不一樣！依然很困難，還遇到跟以前不一樣的困境。此時，這本書突然出現在面前，猶如遇見了擅長探險的野外專家。這本寫作書簡直就是連載內容界的「貝羅 · 吉羅斯 *，暱稱貝爾（Bear）。英國人探險家、作家兼主持人。因《荒野求生祕技》一系列節目而聞名。」！我將這本能帶來安慰與鼓勵的書，強力推薦給和我擁有同樣煩惱的創作者們。

*本名愛德華 · 麥可 · 吉羅斯（Edward Michael Grylls）

Jung Yeongrong 《會知道的》、《陌生人》

如果在獨自一人的旅行中迷了路，該怎麼辦？雖然在遠處看到一戶人家，但你又太過膽小到不敢過去問路呢？要鼓起勇氣跟居民搭話嗎？還是要直接探索大自然，尋找新的道路？雖然不管怎麼做，都能寫出故事，但是如果你不採取行動，就無法脫離那個地方。這本珍貴的寫作書，能夠從那個地方開始與你同行，帶給你鼓勵。

Ji Sinji 《我總有一天也會去愛吧》

《IP 時代必備的創作指南》告訴我們「沒有正確答案」就是正確答案。與「剝奪」你的視線的其他指南書不同，這本書讓你能自我審視。

스토리, 꼭 그래야 할까? 다르게 쓰고 싶은 웹툰·웹소설 작가를 위한 가이드

IP時代 _{必備的}
創作指南

網路漫畫、網路小說作者 最好奇的**58**個FAQ

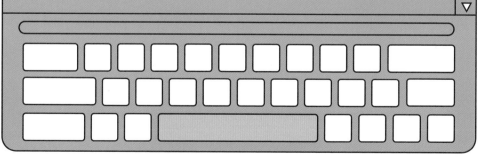

梁慧琳 韓國清江文化產業大學漫畫內容學校 網路漫畫內容專職教授、漫畫故事作家 ｜ **文亞琳** 韓國清江文化產業大學漫畫內容學校 網路漫畫內容專職教授、網路小說作家 著 張雅眉 譯

　　市面上有很多談論寫作的書籍。我們在大學教導想成為網路漫畫及網路小說作家的人，說故事的技巧。韓國出版的所有寫作書籍，我們全都會買來閱讀。最近出版的寫作書多到我們乾扁的荷包無法負擔。就連現在，購物車裡都還有四本尚未結帳的寫作書。想必翻開本書的各位，也有很多人的處境與我們相似。

　　創作者大多會在兩種情況下翻開寫作書：第一、開始進行作品企畫之前。把白紙推到一旁，打開書本閱讀逐步拆解的親切指導時，自信也跟著湧現。總覺得只要照著那個方法去做，就能創作出很棒的作品。如此帶著愉悅的心情闔上書本，終於準備好面對空白的頁面。

　　然後就陷入恐慌之中。閱讀別人的指南時，好似掌握了世界上所有說故事的祕訣，但實際要創作故事的時候，卻沒辦法按照預期狀況發展。雖然認真學習了「三幕劇結構」，

卻不清楚第一幕在網漫中應該分成幾話。書中都說「主角要是能引起共鳴的角色」，但是你卻想讓精神病態者當主角。這就是作家會匆忙翻開寫作書的第二種狀況。重新翻開的寫作書講的話依然沒有錯，但是卻和你想要敘述的故事有些微妙的差距，而且你還想不到能填補差距的方法。於是你不禁心想，要不是寫作書講錯了，就是你方向不對。

許多網路漫畫和網路小說的創作者會帶著以下的疑問來找我們。「這本寫作書裡這樣寫，但是我卻做不到。」、「我在課堂上學到這些，但這種方法好像不適合我。」你們知道每次聽到這類的問題，我們都會怎麼回答嗎？

「不照樣做也沒有關係。」

所有的寫作教學書都只是一種指南，而非教科書。創作者是哪種類型的作家，正在創作什麼樣的作品，和哪一個平

台簽約等，情況皆有不同。因此，本書與其他寫作書不同的是，比起充滿自信朝某個方向發展的那種內容，我們更想引導讀者停下腳步來審視自己的作品。

　　《IP 時代必備的創作指南》是一本根據網路漫畫和網路小說這類型連載故事內容的創作者，實際創作故事的順序來撰寫的書籍。我們通常都是得到構想後擬定架構，接著配合故事類型來塑造角色。如果是網漫故事的作家，就會以文字分鏡或者圖畫分鏡的方式將故事具體化；如果是網路小說的作家，就會撰寫要參加文學獎或是平常投稿用的稿子。撰寫完的原稿經過經紀公司或是平台的審核後，會決定是否連載，順利通過後就會進入實際連載的階段。在每個創作的階段，都會陸續出現許多沒有實際經歷過的人想像不到的各種難關，阻礙創作者前進的腳步。克服之後可能會覺得沒什麼大不了，但對眼前遭遇困難的人來說，那些可是足以把筆折斷的苦難。

我們在多次的創作和連載過程中，做過各種嘗試、經歷過各種失敗，但很感謝的是，我們也有很多機會可以陪伴初次創作作品的創作者們。本書收錄了在創作過程中，我們直接或間接遇到的創作者的難題。說不定，你在閱讀的時候會驚訝地發現，別人煩惱的事情跟你一樣。我們盡可能提供多元的案例和理論，並且努力根據不同類型的作者來調整適合的建議。當然，你也可以先看目錄，再從裡面挑選你需要的內容來閱讀。

　　其實關於這一切的問題，我們的回答只有一個。

「沒關係，你現在做得很好。」

　　創作之路沒有標準答案，卻也因此才充滿樂趣，我們向走在這條路上的同伴致上愛與敬意。請放鬆肩膀，以輕鬆的姿態來閱讀。

放鬆在創作面前
變得僵硬的肩膀

　　如果詢問作家前輩或者繪畫高手如何畫出好的作品，他們的回答大多很類似：「無條件多畫畫」、「趕快出道」。雖然這對期盼能獲得快速成長祕訣的人來說，是頗令人喪氣的回答，但實際上，所謂繪畫的修練最關鍵處，的確在於「多少」而不是「如何」。這和「只要出道，繪畫實力就會變好」的道理是一樣的。出道成為漫畫家，開始進入連載的週期後，就不得不畫很多的圖。假設週更網漫一話的工作量是六十格，那麼你每年必須畫上三千格以上的圖畫。再怎麼不擅長畫畫的漫畫家，如果畫到這種程度的分量，繪畫實力鐵定都會比剛開始連載時還提升許多。要對「多畫畫實力就會變好」這一點提出異議，是很困難的。

這麼說，身為一個說故事的人，我們又該如何成長？答案應該也是一樣的吧？為了寫出好故事，要先試著寫出很多的故事。不過，我們，不對，至少我自己是以一個繪者的身分踏入漫畫領域的；比起故事，更熟悉的是圖畫。因此不像繪畫練習時可以從塗鴉這種輕鬆的方式開始，在面對故事的創作時，我的肩膀時常變得很僵硬。因為不熟悉，所以還沒開始認真寫就已經在緊張，也因此無法多多練習。練習次數如果太少，就很難熟能生巧。肩膀自然就更僵硬了。如果想打破這種惡性循環，就必須降低接觸故事創作時的心理門檻。必須像練習畫畫時那樣，捨棄一開始就要創作出完美結果的貪念，然後要像是在塗鴉那樣養成輕鬆寫故事的習慣。知易行難，因為要獨自行走陌生的道路，總是會害怕。

　　這時候，可以聽聽早已走在創作道路上的前輩們，他們的故事。不論是找路的地圖，還是網路購物的購買評價，都是由比你先嘗試的人分享出來的意見和經驗談，那是非常寶貴的參考資料。

　　問路時，如果遇到只會用一種方法抵達目的的人，他就會這樣回答：「迷路就慘了，你得緊緊跟在我後面。」相反地，如果是包含新路在內，對所有的狀況都了若指掌的人，那麼他或許會這樣說：「啊！往這邊走的話要稍微再繞一下，但是風景相當有吸引力。」他對道路深刻的認知，將會讓你感受到思想的靈活以及內心的從容。雖然經常有人將人生比

喻成馬拉松，但我認為創作者的道路並非競賽，而是更接近於旅程。除了最短距離的直線路徑之外，還有其他有意義且美麗的道路。如果聽聽很了解那些路的人所說的故事，或許你原本顫抖的步伐也能稍微變得輕盈。

《IP時代必備的創作指南》不會在我們的旅途上給予警告：「你走錯路了。」而是會用溫暖的語氣說：「沒關係，路還走得下去。」你的故事種子可以是很有魅力的角色、一則你想傳達的訊息，還是有衝擊性的畫面等都好，不管你先想到什麼都沒關係。在尊重每個人不同的方法，同時還親切地告訴你該如何將你腦中浮現的想法發展成故事。拿起這本書，各位等於是遇到了相當了解路況，因此能帶給你從容與靈活度的嚮導。而且還一次認識兩個！所以希望你能暫時放下擔憂，以輕鬆的心情來享受故事創作。因為文章也像圖畫那樣，要多寫才會進步。希望你能放鬆在創作面前變得僵硬的肩膀，踏上一趟愉快的故事旅途。

——楊世俊
《保護我，死神》、《人類的溫度》

一本無論何時讀
都很有幫助的書

　　我因為要寫推薦序而收到本書的草稿，粗略地瀏覽目錄後，剛好有事必須外出一趟。在外期間，我一心只想趕快回家讀草稿。因為這是我平常就很敬佩的兩位作家撰寫的著作。速速趕回家讀了之後……「果然」（起立拍手）是很有幫助的書。本來是坐著讀的，但心裡太過敬畏，於是便從座位上站起來讀。

　　首先，本書寫作風格通俗易懂，口吻活潑有趣，讓我有種和兩位作者聊天的感覺。不過，輕鬆好讀，不代表內容簡單。要將困難的內容寫得淺顯易懂，是非常了不起的事，以普通的功力是做不到的。《IP 時代必備的創作指南》的讀者要能明白這有多麼困難，至少都已經是完成了好幾部作品以

後。他們將如此困難又需要高度洞察力的內容，料理得方便入口，還裝在漂亮的盤子上端出來。

我對「構想篇」的第六章＜不管是什麼企畫，都只想到短篇？＞印象特別深刻。文中將作家的類型分成角色中心型、角色關係型、情節中心型，我實在無法不讚歎。說實話，我平常從沒這麼想過。不過讀完那篇文章後，我產生了「確實是那樣誒」的想法，同時也反思一下自己屬於哪種類型的作家。另外，在閱讀「角色篇」的第二章＜我的主角是消極派的，該怎麼採取行動？＞時，我才突然驚覺自己過去都誤會消極派的主角了。此外，在「架構篇」的第一章＜連載型作品也需要三幕劇架構嗎？＞，作者將在其他寫作書中經常介紹的寫作架構，拿來套用在連載內容的架構上加以說明。我看到後有種想要私藏起來，不跟別人分享的感覺。除此之外，每一個章節的內容都相當豐富。

這本書提到的煩惱和內容，全都是網路漫畫和網路小說作家真的會遇到的狀況。關於那些真的很好奇，很想要詢問別人，卻沒有人可問而問不出口的問題；兩位作者整理這些問題，準確掌握其中的核心，並且延伸出更多值得討論的內容，一項一項地提出來說明。若不是像他們這種長年在現場教導學生，與學生同甘共苦，聊過許多有深度的話題的人，絕對寫不出這樣的內容。而且他們還是很會說故事的人。

比起完全沒有網漫、網路小說創作經驗的超級新手，《IP時代必備的創作指南》更適合已經學習或是畫過原稿一年以上的人，也就是為初級以上的人撰寫的指南。身上已經配戴一些裝備，而且也一路走到了半山腰，但是卻找不到攻頂的路，或是在途中迷失了方向，本書就是最適合在這種時候翻開來看的地圖（我的意思不是說這本書很困難又複雜，不適合入門者閱讀。對那些人來說，這本書肯定能給予他們「想寫看看」的動力）。另外，關於企畫書和合約等內容，對現在已經是作家的人，或是正準備要出道的人來說，也能給予實用的幫助。

我邊讚歎邊愉快地閱讀，但讀到後面的時候，忍不住想：「誒，把這些都講出來也沒關係嗎？」書中收錄了非常多有用的資訊，有種一本書就可以抵上十本書的感覺。像這樣全部都說出來，下一本書是要寫什麼？！不過，這對讀者來說是很值得感謝的事。因為這本書會一直被放在書桌上。我會把書放在手邊，每次卡住的時候，都會拿出來讀一讀。無論你的作家經歷已經有五年或十年，這本書不論何時讀，都很有幫助。

—— 漫畫家
DOLBAE《雞龍仙女傳》、《YULRI》

目錄

前言 004

推薦序1 ｜ 放鬆在創作面前變得僵硬的肩膀 008

推薦序2 ｜ 本無論何時讀都很有幫助的書 011

PART 1 構想篇 | 該如何開始？

01 創作故事，該從哪裡開始？ 018

02 沒有故事題材 024

03 想要創作出創新的作品 030

04 市面新作和自己企畫中的作品題材重複 034

05 素材很多，但只想得到場景 039

06 不管是發想什麼企畫都只能想到短篇？ 044

07 想擴大故事的規模 047

08 自傳型故事，需要很刺激嗎？ 053

09 長篇企畫好困難！ 056

PART 2 架構篇 | 該如何安排才好？

01 連載型作品也需要三幕劇架構嗎？ 063

02 如果將第一幕的內容全部放入第一話中呢？ 073

03 編情節編到累了，稿子寫不下去。 083

04 結構很完善，摘要卻很無趣。 087

05 不能賜死主角嗎？ 090

PART 3 類型篇 | 這個故事屬於哪一個類型？

01 這個故事屬於哪一個類型？ 094

02	「奇愛」（奇幻愛情）是愛情故事嗎？	097
03	穿越故事也能算是一種類型嗎？	101
04	寫不了色情畫面，還能算是BL嗎？	104
05	GL沒有市場嗎？	107
06	現代愛情故事不是都差不多嗎？	109
07	奇幻類型比SF類型還簡單吧？	112
08	怕受到影響，不看同樣類型的作品。	115

PART 4 　角色篇 ｜ 我的主角，這樣也可以嗎？

01	沒有欲望的主角，這樣的設定可以嗎？	123
02	我的主角是消極派的，該怎麼採取行動？	127
03	讀者說絲毫不好奇主角後來的際遇。	133
04	讀者說我的角色很典型！	142
05	設定主角的弱點好難	145
06	不能讓精神病態者當主角嗎？	150
07	讀者為什麼不能忍受「難以理解的主角」？	157
08	同人創作很有趣，對自創角色卻沒有感情。	160
09	主角被逼入絕境時該怎麼救出來？	164
10	想要創造出色的配角	168
11	有那種沒有對立人物的故事嗎？	171

PART 5 　執筆篇 ｜ 照樣寫就可以了嗎？

01	文字分鏡是什麼東西？	176
02	不會畫畫只好放棄繪製分鏡圖嗎？	186
03	第二話應該怎麼寫比較好？	192
04	主角有兩個，前半部的結構好困難！	196
05	故事的起點，放在比較後面也沒關係吧？	200
06	什麼時候要取材？	204
07	擔心故事會讓讀者有說教感	209

PART 6　準備連載篇　| 爲了順利連載還需要些什麼？

01　有原稿，但沒有企畫書　217
02　劇情摘要有點長也沒關係吧？　222
03　第一次寫劇情摘要！　226
04　為什麼需要一句話大綱？　232
05　公司要求提交整體大綱，該怎麼做？　235
06　對我的作品沒有明確的信心　239
07　這個合約條件好嗎？　242

PART 7　實際連載篇　| 連載過程中遇到難關該怎麼辦？

01　一定要讀留言嗎？　250
02　配角愈來愈多　253
03　第三話之後緊張感銳減　256
04　摘要已經寫好了，卻覺得角色很無趣　259
05　主角過的故事，可以慢慢加入情節中嗎？　263
06　連載的讀者迴響不如預期，我應該要趕快結束嗎？　268

PART 8　還沒講完的那些內容

01　角色、素材、結局各玩各的　277
02　花心思替角色取名是在浪費時間嗎？　280
03　犯罪的主角也可以變幸福嗎？　283
04　擱置許久的企畫為什麼總是卡在同一個地方？　286
05　一定要做總評嗎？　291

闔上這本書之前　296

梁老師

雖然非常強調扎實的架構，但心裡默默相信，作品最大的「趣味」來自作家的即興創作。在竭盡所能講解寫作技巧後，卻總是習慣補上一句：「但是不一定要這麼做。」喜歡懸疑情節。

文老師

同樣重視事件和情緒的脈絡。興趣是分析故事。新作品一出來，絕對會分析一番。雖然喜歡按照類型和目錄來分析，但更喜歡尋找無法用這些方法解釋清楚的內容。偏好戀愛故事！

創作是從什麼時候開始的？對此雖然眾說紛紜，但
那或許是腦中浮現作品畫面的瞬間。不是模模糊糊
地想著「應該要寫……」的時候，而是靈光乍現，
捕捉腦中構想的那一刻！那就是創作旅程的起點。
那麼，該怎麼開始講故事？用任何方式開始都可以。
在故事創作的過程中，構想的階段是最自由且幸福
的。「這樣沒關係嗎？」、「可行嗎？」把這類問
題拋在一邊，先來享受樂趣吧。

PART **1**

構想 篇

該如何開始？

從輕鬆的部分開始！

　　許多立志成為作家的人，對於該從哪裡、該如何開始構思故事感到茫然。雖然充滿了鬥志，但在空白的螢幕前，還是不知道該怎麼做才好。出乎意料的是，比起青少年，成年人更容易有這樣的疑惑，而且比起初學者，寫作經驗豐富的人愈常產生這樣的疑問。在這裡我想要反問你，**你平常是怎麼做的？**「我的方法是錯的，如果想成為職業作家，應該改變方法。」你是不是帶著這樣的信念？是否想拋棄自己一直以來使用的業餘方法，然後改用職業作家使用的完美方法來開始創作？

　　我們重新回到「該從哪裡開始」的問題。在創作中，並

沒有太多「必須要做的」的步驟。沒有任何一派寫作理論主張：「不這麼做，你就不是作家」、「如果不這麼做，就不算是作品」。主角不一定只有一個，故事也不一定要出現明確的危機。同樣地，沒有規定在連載之前，務必先設定好結局。只不過普遍來說，主角只有一個、故事中有明確的危機、事先定好結局的時候，作家會比較輕鬆。許多作家和學者在研究寫作時，都會盡可能制定出一套規則，讓更多的人可以輕鬆容易地上手，並且降低在商業上失敗的機率。他們是為了助創作者一臂之力才這麼做的，並非為了責備或者排擠沒有遵行那套方法的作家。

我們換一下問題的主詞。**故事是如何誕生的？**也就是說，故事的種子，初次在作家的大腦中萌芽的瞬間是什麼時候？想必每個作家的答案都不同。首先，有些故事是從「設定（背景）」開始萌芽的。若是平常關心性別議題的人，可能會突然想到某個設定——「在未來的世界，人類誕生時沒有性別。滿十二歲後，就能經由資格測驗來獲得決定自身性別的權力。」再來，也有些故事是從「角色」開始的。像是先勾勒出「某個殺手有自信在完成任務時滴血不濺，所以總是穿著一身全白西裝」，這樣的角色形象。另外，還有些故事是從「場景」開始萌芽的。例如「在南山塔的頂端，站了一個搖搖欲墜、身著制服的女孩，正在仰望月亮」在腦中浮現這類美麗的畫面。光憑這一個畫面，就能開始創作故事。當

然還有從「訊息（主題）」開始的方法。如果你想對世界高喊：「年紀不過就是一個數字！」這也能夠成為很棒的故事種子。

我們之所以想創作故事，是因為心中清楚記得創作的喜悅。在模擬考題目卷的角落畫下的角色，意外地畫得很好，讓你忍不住剪下保管；一篇同人小說就讓你紅到隔壁班去；被新聞報導激怒而在報導下方撰寫留言，卻塑造出一個有模有樣的反派角色等等。一路上，我們已經撿了許多故事的種子。

你認為這些都不是真的創作？「它們」就是創作。在白紙面前，你是撿不到種子的。只不過，種子本身並不是故事。種子（構想）也要擴大和發展，才會成為故事。在擴展的階段需要的就是「事件」。因為所謂的故事，就是在回答「發生了什麼事」。有一道料理是「辣椒醬炒豬肉」。可以在「豬肉」和「辣椒醬」各自的角色設定和背景中，將「翻炒」這個事件套用進去。不管豬肉和辣椒醬的品質有多優良，在「翻炒」之前，都不能稱作是料理（有注意到了嗎？只有「翻炒」是動詞！）；同樣地，不管你的點子多麼棒，在你套用「事件」具體構思之前，都很難被看作一個故事。

以現在這個時間點來看，各位既是作家，亦是這個故事唯一的讀者。請自由地發問和回答，盡可能延伸出許多支線，並且不要局限你的想法。它們都是剛萌芽的種子，所以不要

挑掉枝葉，而是盡情享受肆意膨脹的故事世界吧！現在這麼做就足夠了。

○ ○ ○ ○ ○ ○ ○ ○ ○ ○ ○ ○ ○ ○

學習單

擴大故事的種子

直到你選擇的種子遇見「事件」之前，都持續丟出問題來擴大範圍。

1. **在「設定（背景）」中萌芽的故事**

   在未來的世界，人類誕生時沒有性別。滿十二歲後，就能經由資格測驗來獲得決定自身性別的權力。

   再多想想▼
   - 最能展現出這個設定魅力的主角是？
   - 主角在這個社會將遇到什麼問題？
   - 主角如果因為某些理由拒絕決定性別，會發生什麼樣的事？
   - 有同伴能理解主角的決定嗎？

- 被社會排擠的主角會做出什麼樣的選擇？
- 主角能戰勝社會，貫徹自己的價值觀？
- 在故事的結尾，主角以及社會產生了什麼樣的變化？

2. 從「角色」萌芽的故事

某個殺手有自信在完成任務時滴血不濺，所以總是穿著一身全白西裝。

再多想想 ▼

- 這個角色為什麼成為殺手？
- 這個人殺人的理由是什麼？
- 是否有組織對他下達指令？
- 初次讓殺手的白衣沾上血跡的事件是什麼樣的事件？對象又是誰？
- 殺手對那個對象有什麼樣的情感？
- 殺手的價值觀如何產生變化？

3. 從「場景」萌芽的故事

在南山塔的頂端，站了一個搖搖欲墜、身著制服的女孩，正在仰望月亮。

再多想想 ▼

- 這個女孩是誰？她如果不是普通人，會是什麼樣的存在？
- 穿著校服的「學生」是她真實的身分嗎？還是偽裝？

- 她為什麼在晚上獨自爬上南山塔的頂端？
- 女孩在等待誰嗎？
- 她等待的人是朋友還是敵人？
- 見面後會發生什麼事？
- 是誰在注視這個「場景」？

4. 從「訊息（主題）」萌芽的故事

年紀不過就是一個數字！

再多想想 ▼

- 能最有效將這個訊息傳達出去的主角會是誰？
- 主角相信這個主題嗎？還是不相信？
- 如果原本不相信後來卻相信，那麼在這過程中，應該安排什麼樣的事件比較好？
- 是與讀者的現實接近的背景比較好，還是與現實距離遙遠（奇幻）的背景比較好？
- 作者本人是否篤信這個主題，如果不是，又是為什麼？

02

沒有故事題材

我們降低眼光吧！

網路上，經常可以看到人們在找聊天的「話題」。

- 我是初次談戀愛的國中生，請告訴我可以跟女朋友聊的話題。
- 跟許久不見的親戚姊姊能聊什麼話題？
- 不知道該用什麼跟喜歡的人搭話。什麼話題比較好

可以當作聊天話題的素材不勝枚舉。抬頭望就能看見天空，所以可以聊聊天氣；低頭往下會看見鞋子，所以可以聊

聊腳上穿的運動鞋。或者可以聊聊昨天做了什麼夢，明天要去哪家餐廳等……世界上多的是聊天話題，但為什麼這些人卻在「拜託別人跟自己說說有哪些話題」呢？

我們總希望對方能傾聽自己說話。不管那是私人的對話，還是藉由作品進行的溝通，都是一樣的。有許多立志成為作家的人，因為沒有適合的故事題材而寫不出作品，我們還看過花了好幾年光是在尋找題材的人。若要他們隨便寫些什麼，那麼他們的表情大概會跟聽到「在第一次約會時隨便說點什麼就好」的國中男學生一樣。因為他們只想討論「值得說出來」的題材。也就是說，其實沒有「話題（故事題材）」並不是真的沒有話題，而是在想到的眾多題材中，沒有能通過自己標準的內容。換句話說，就是作家的眼光很高。

標準挑剔並不是什麼大問題。我們尊重作家的意見。不過，如果你的創作因此而停滯不前，到時就會造成問題。**創作的人必須創作故事，這就是絕對不可少的唯一的練習方法。**難道在新的擊球姿勢穩定之前，你都不揮棒擊球嗎？難道在音高上到第三個八度的 Sol 之前，你都不唱歌嗎？難道在找到能完美擄獲對方內心的話題之前，你都要在愛人面前保持沉默嗎？如果因為想創作出「人生傑作」而挑剔題材，等你真的想到出色的點子時，才會發現自己沒有力氣將那個構想創作成作品。

作家要能將「任何東西」當作創作的題材。這時候就需要「結構」。不管是三幕劇、主角的缺陷與填補，還是問題的發生與解決，只要具備將故事「結構化」的框架，就可以寫出故事來。

　　假設，有一個因缺乏故事題材而備受煎熬的主角。對他而言，「缺乏故事題材」就是問題。若想增強問題的嚴重性，主角就必須處於「沒有故事題材真的會受到重大威脅」的狀態，因此，最好是將時間設定於接近徵選截止日。再加上提供金援的人如果事先跟主角說：「你這次徵選如果沒上，我就讓你永遠無法再創作漫畫。」這將促使主角面臨更大的危機。

　　在這種狀況之下，主角不得不採取行動。雖然主角竭盡全力尋找可以參加徵選的題材，但所有的嘗試都失敗了。因為要這樣，才能讓問題愈來愈嚴重。此時，再丟出一個誘惑來引發衝突。該用什麼好呢？如果主角偶然在床底下發現，同樣想當作家的室友用來記錄構想的筆記本呢？如果筆記本裡面寫滿了主角苦苦尋找的新穎題材呢？

　　雖然讓比預期還早回來的室友，發現主角正著迷地偷看筆記也是很有意思的發展；但現在，我想稍微加強主角內在的衝突。假設構想筆記本的主人，也就是主角的室友，兩個月前就失蹤了呢？既然沒有馬上會被發現的危機，在各方面

都更容易合理化自己偷竊點子的行為。與此同時，心中的罪惡感和焦慮也會增加。

不久之後，室友的家人找上門來。室友的家人對緊張不已的主角說：「我們決定往後就忘了這個孩子。」然後向主角討要室友留在租屋處的東西。這時，讀者會將焦點放在主角的選擇上……主角到最後都沒提到筆記本，也沒有歸還。就這樣，主角做了一個重大的選擇，故事發展到全新的局面。主角偷了室友的構想，在徵選上獲選，後來也藉助構想筆記本的力量發展順利。這樣主角很幸福吧。「我知道你的構想是誰的。」直到主角收到一封發送人不明的威脅郵件之前。

上述的故事，是從很創新的題材延伸出來的嗎？並不是。是從「完蛋了，沒有故事題材」開始的。只不過是忠於結構化的故事原則，讓主角有所欠缺，然後再給他一個選擇的機會，並且讓他做出壞的選擇，同時擬好設定，促使那個壞選擇招來另一個更壞的選擇。

什麼樣的內容都好。可以從最不適合當作故事題材的無聊場景開始，可以將注意力放在當下正在寫的場景的趣味之處。沒有主題意識也沒關係。如果覺得很老套或是不夠合理，你就跟自己說：「沒關係，這是寫作練習。」

這是比以「沒故事題材」為理由而什麼都不寫，還好上一百倍的選擇。

以問題為核心，建構故事結構

1. **生成問題**　問題導向的故事敘事（problem-based storytelling）會在故事的開頭替主角安排一個根本的「問題」。大部分的問題都能以「想要（某個東西）但很難得到」來解釋，所以也可以用「慾望和缺乏」來表達。▶**主角丟了僅有一雙的運動鞋。**

2. **強化問題（深化）**　「問題」發生後，人首先都會去適應，或者試著忍受現況。不過，主角如果不採取行動，故事就沒辦法繼續發展。有必要將問題放大，讓主角沒辦法「拖延不處理」。▶**主角被選為下週跑步比賽的選手。**

3. **創造誘惑**　主角面臨一個新的選擇。這個選擇雖然相當吸引主角，但長遠來看會替主角帶來不好的結果。▶**對手說主角**

如果在比賽上輸給自己，他就會送給主角一雙昂貴的新運動鞋。

4. 強化衝突（深化） 主角陷入苦惱。雖然讀者希望主角不要受人誘惑，但同時又很期待主角被誘惑後使故事變得更有趣。
   ▶ **主角徹夜爲家境清寒苦惱。**

5. 選擇 主角做出了選擇，故事繼續發展。這個選擇衍生了新的問題。▶ **主角接受對手的提議並收下運動鞋，某個人偷偷目睹了這一切。**

03

想要創作出
創新的作品

「人物」、「事件」、「背景」當中，只要有一個創新就夠了

　　通俗故事的作家創作內容時，既要有新意、令大眾耳目一新，但又得保有大眾熟悉的元素。影評人羅伯特・沃肖（Robert Warshow）曾說：「獨創性必須在不改變觀眾明確期待的前提下，藉由強化部分內容的方式來實現。」即使如此，想展現與眾不同的想法是創作者的本能，所以很難放棄創新。如同前述所說，在創作訓練中，真的很重要的部分就是「即使點子不新穎，還是先發展看看」，不過，本篇會改將焦點放在「創新」上面。

　　創新的故事和好看的故事不一樣。讀者認為創新的故事是指前所未見、構想獨特且與眾不同的故事。通常，許多人

會認為創新是來自於世界觀（設定），不過，也有可能是因為角色很特別，或是事件很獨特。**爆紅作品有很高的機率是來自於「熟悉的世界觀＋魅力獨特的角色」的組合，或是「熟悉的世界觀＋具獨創性的事件安排」。**

　　網漫《奶酪陷阱》（作家：純 kiki）就是非常具代表性的作品。故事的世界觀是非常平凡的大學校園，和我們的日常生活沒什麼太大的差異；但作家在故事中安排了很特別的角色。男主角「劉正」完全不會表露自己的情緒或心思；除此之外，他還經常若無其事地做出一些違反道德或是脫離常識的行動。在漫畫連載期間，帶給許多讀者震撼。其中還有所謂對「媽朋兒角色」[1]來說，相當熟悉的故事模式。像是在和女主角吵吵鬧鬧的過程中，察覺自己不知不覺中已經對女方產生好感而慌亂不已，或是想藉由炫耀財富的方式來擄獲女主角的芳心，結果卻失敗，然後自言自語拋出一句「第一次遇見那樣的女人」之類的。劉正是既有的符號無法解釋的獨特人物，這對《奶酪陷阱》營造出具獨創性的風格有很大的貢獻。甚至在那之後，看似完美且善良，實際卻腹黑冷酷的角色都被稱為「像劉正那樣的角色」。另外，漫畫中有一個盲目地模仿女主角的角色「孫敏秀」，從她的名字也延伸出一個新的詞彙「孫敏秀行為」——意指模仿他人（通常是

1　韓國的流行語，為「媽媽朋友的兒子」的縮寫，通常是指外貌、學歷、個性等條件皆具備的人

名人）購物的行為。角色本身獨創性很高，所以還被當作一般的名詞來使用。

網漫《我的殭屍女兒》（作者：昌）也非常有趣。因為是「殭屍題材」的作品，所以和《奶酪陷阱》不同，故事背景與現實有很大的差異，但是「殭屍病毒在韓國擴散開來」這個設定，本身很難說有什麼獨創性。因為對許多讀過殭屍相關創作的讀者來說，這已經是非常熟悉的世界觀。這部作品的獨特之處不在於世界觀，而是主角撫養變成殭屍的女兒這個「事件」。一般來說，家人變成殭屍這類的事件，通常都是在敘事中被當作轉捩點；但是在這部作品中，故事卻是從女兒變成殭屍開始講起。後續故事的描寫亦將重點放在與殭屍女兒的日常生活上，而不是悲劇事件本身。這與以往殭屍題材的作品完全不同。也就是在熟悉的世界觀中，安排了具獨創性的事件架構。

這麼說，並不代表創新的世界觀沒有價值。只不過如果先承認，在這個世界上並不存在「沒有任何人聽過、看過的完全嶄新的題材」，心裡就會比較輕鬆。作家用來創作故事的素材，都是來自於作家的所見所聞以及親身經歷。作家會刻意或在不經意之中，重組並改變這些經驗。改變的素材來源愈遙遠，就能誕生出愈創新且獨特的組合。這就是為什麼，作家必須盡可能關注許多領域的原因。

藉由組合來建構獨特的世界觀這部分，只要看了網漫《蓑

衣》（作者：saisa）就能輕易地理解。這部作品是以「蟒蛇修行千年後獲得如意珠而變身成龍」的韓國民間故事為基礎來創作的。不過在故事的開頭，蟒蛇是以「家畜」的身分登場。主角的家族世世代代都在飼養、屠殺並販賣蟒蛇，以宰殺蟒蛇為家業。故事是從主角發現一隻會講話的蟒蛇開始的。蟒蛇變身成龍的世界觀是大眾熟知的題材，但作家在這裡加入了「蟒蛇屠夫」這種強烈的設定，替故事的獨創性增添了光采。

讀到這裡，如果你還是握緊拳頭，滿心只想要創作出，以「前所未見的原創世界觀」為背景，讓「與現有角色截然不同的創新角色」來闡述「隨時讓讀者猜不透的反轉情節」的故事，那麼我建議你先放鬆一下。**人物、事件、背景，只要其中一個很獨特，就足以創作出很棒的作品。**講得更直白一點，如果人物、事件和背景全都很新，恐怕很難獲得讀者的支持。因為從讀者的立場來看，這等於要他在不認識的地方（陌生的背景），握著不曉得是誰的手（陌生的角色），去做完全摸不著頭緒的事情（陌生的事件）。當讀者反應：「我為什麼要那麼做？」然後轉移陣地到其他作品時，你也沒辦法阻攔。

別以創新為由，把讀者獨自丟入從未接觸的叢林深處。讀者可以選擇的故事太多了，與現實的叢林不同，在線上作品的叢林之中，按下逃離的按鈕，輕而易舉。

04

市面新作和自己企畫中的
作品題材重複

現在放棄還太早！

在國語辭典[1]中搜尋「題材（素材）」可以查到以下內容：

❶ 製作某個物品的基本材料。

❷ 在藝術作品中，為了呈現創作者的理念而選擇的材料。

❸〔文學〕化作文字內容的材料。

雖然在創作過程中，主要使用的是❷和❸，但我們先來看看❸。汽車的基本材料是鐵。當然，汽車並不只是用鐵製做的，而是用鋁、塑膠、玻璃、皮革等材料一起製成的。即

---

1 參考韓國 Naver 辭典。

使如此，汽車的「基本材料」依然是鐵。這麼說來，所謂故事的「題材」，具體來說，究竟是指什麼？

高中生 B，暗戀從幼稚園時就一起長大的青梅竹馬 A。A 一直以來都只將 B 當作朋友。某天，B 聽說 A 有喜歡的人，於是推測那個對象就是社團的前輩 C，並且想盡辦法要讓 C 遠離 A。後來，直到校慶當天，B 才知道 A 喜歡的人就是自己，而 C 只不過是替 A 做煩惱諮商，是 B 誤會了。A 和 B 兩人，因此確認了彼此的心意。不過，A 升上高三後就得轉學，所以兩個人約好，大學升學考試之後再見面。兩個人在升學考試結束的當天晚上見了面，確認彼此的心意未變之後，在隔年一起進入同一間大學就讀。

上述故事是用什麼樣的題材創作的？按順序排列出來有「高中生」、「幼稚園」、「青梅竹馬」、「暗戀」、「喜歡的人」、「社團前輩」、「校慶」、「煩惱諮商」、「確認心意」、「高三」、「轉學」、「大學升學考試」、「上大學」等關鍵字。這些全部都是完成故事的題材，不過如果帶入❷的定義，可以再縮小範圍。這個故事的題材是「青梅竹馬的暗戀」。

暗戀青梅竹馬的故事⋯⋯在你的腦中應該接連浮現了許多談論類似題材的作品吧？不過，我們並不會因為平台上新上架了一部以「青梅竹馬的暗戀」為主要題材的作品，就認為那是剽竊的作品。因為這類題材沒有創新到足以主張原創性的程度。反而是人類普遍會遇到的問題。如果在這個世界上，我喜歡的人也總是喜歡我，那麼全世界大概有90％的戀愛作品都會消失不見。「暗戀」之後，關於「誤會」和「確認心意」的故事發展亦是如此。「暗戀」的結局只有實現和不實現這兩種。而「誤會」只不過是在故事往圓滿結局發展的岔路上，很適合用來安插的事件罷了。

那麼，以下這個故事呢？

B從幼稚園開始就暗戀青梅竹馬A，B好不容易終於告白成功。然而，在兩人初次約會的那天，A在B面前出車禍死亡。葬禮結束的那天晚上，有一個長得跟A一模一樣的機器人來找B，並要B從今天開始將它當作A。

這下「暗戀青梅竹馬」不再是主要題材了。「跟珍愛的人長得一模一樣的機器人」才是主要的題材。故事會如何發展？B的感情會有什麼變化？當我們拋出這種問題時，

大多數的人回答都是一樣的：Ｂ 會對擁有 Ａ 外貌的機器人產生強烈的反感，而且會推開它。但 Ｂ 會一直推拒下去嗎？如果真是那樣，故事就無法繼續進行。某一天，因著某起事件，Ｂ 稍微打開了心房。後來 Ｂ 對「非人類」的機器人產生了好感，心裡陷入了混亂。那接下來呢？最後 Ｂ 會承認自己的心意。再接著呢？他們可能遭遇社會的反對，兩人的關係可能會出現問題，說不定機器人 Ａ 的存在，本身就會帶來衝擊性的反轉。

我們為什麼能像這樣預測故事的發展？機器人，更進一步來說，在討論「人造人」這類的題材時，作品中時常會傳遞「從非人類的存在身上獲得安慰」、「藉由比人類更像人類的存在來體會真正的人性」等訊息。人類為什麼會那麼熱衷於開發相似於自己、用兩腳走路的機器人呢？是不是出於我們對人性的執著？或許是因為人類很孤單，同時又認可人類這種生物，所以就連機器人都想製造成人類的模樣。這類的煩惱成為一個大前提，導致有機器人素材的作品，大致上都在傳遞類似的訊息。女僕機器人、執事機器人、朋友機器人、戀人機器人等，雖然有各式各樣機器人題材的作品，但大部分的脈絡都是，從對方身上發現「真正的人性」後，接受彼此的關係。

作家都會想盡辦法用最有效的方式（題材、情節）來傳達自己的訊息（創作理念）。因此，在一番苦思之後得出相似的

結論，亦是相當常見的事。**如果爲了傳達同樣的訊息而選擇了同樣的題材，那麼故事初期的發展就會變得很相似，這沒什麼好感到驚訝的。**因為我們生活在同一個時代，共享同樣的數據庫。

那麼現在就要來討論，當新出來的作品與你企畫中的作品題材重複時，你應該要如何做決定。雖然最終決定權在作家身上，但沒有必要因為題材重複就放棄推出作品。網路漫畫、網路小說並非單純以題材和設定來構成的。即使在企畫階段相似度很高，最終成品還是有可能完全不一樣。只不過，在詮釋上或細節的場景、具體的情節等方面，還是需要特別注意不要和現有的作品重複到。雖然很殘酷，但先問市的作品，其原創性還是會受到尊重。

另外，平台不會刻意去挑選題材重複的作品。「那我就投稿到其他平台啊！」如果你有這樣的膽量，而且也準備好花費力氣仔細參考先出來的作品，避開種種會重複的細節，那麼我支持你正面出擊。

05

素材很多，
但只想得到場景

試著結合起來吧！

不曉得該怎麼講故事……

| 想到的場景 | 想到的場景 | 想到的場景 |

　　上圖在社群媒體上流傳了很久。其實許多作家在構思（ideation）的過程中，都會蒐集各式各樣的素材。仔細觀察單一素材時，只會想到許多有趣的場景，很難進一步發展出情節。這種時候該怎麼做？針對立志成為作家的人或是新手作家，我最推薦的方法就是「組合故事」。山本修於著作《創

作漫畫的方法》中提到：「所有的故事都能合併。」尤其是素材！

黑暗魔法少女的素材

一定要放入的場景❶魔法少女從貓咪身上獲得魔法的力量

一定要放入的場景❷原本以為貓咪是幫手，後來才知道其實是敵人，這時貓咪露出真面目

校園愛情素材

一定要放入的場景❶身為女主角的美術系學生，在課堂上對變態教授揮拳

一定要放入的場景❷女主角從總是笑著的男主角身上感受到一股寒意而回頭看，兩個人的視線交會

這個作家有黑暗魔法少女和校園愛情兩個素材，而且各自想安排的場景都很清楚。不過，如果只有場景，就會出現許多與現有作品相似的地方。倘若沒有深入研究主角，就更難找到故事之間的差異性。這種時候比起盲目地尋找差異，還不如試著拿出你有的其他素材。

要不要試著將兩個故事合併在一起？如果你問我這可能嗎？我會回答你，所有的故事都是角色與情節的合併。「當然做得到。」首先，寫寫看一句話大綱（logline）吧！一般來

說，講到「一句話大綱」，通常都會想到以「……不過……」結束的句型。這種一句話大綱是行銷型大綱，目的在於引起讀者對後續情節的好奇心。如果只寫好行銷型的一句話大綱就立刻進入作品創作，就連作家也不知道後續會發生什麼樣的事件。因此，不該用行銷的角度來撰寫一句話大綱，而是要從企畫的角度切入來撰寫。在這種狀況下寫的一句話大綱，結局和三幕劇的結構都必須很清楚明確。

A 為了 B 做了 C 的故事

將兩個故事合併之後，會有兩個置入 A 的主角。魔法少女 A 和沒禮貌的美術系學生 A。合併後的結果：「一個沒有禮貌，既是魔法少女，又是美術系新生的女主角 A。」如何？不覺得已經變得不一樣了嗎？接下來是 B（主角的欲望）。兩個故事已經合併，所以可以寫出兩則一句話大綱。

❶ **以黑暗魔法少女的情節為主的時候** 魔法少女 A 為了拯救世界而孤軍奮鬥，後來體會了魔法少女的祕密，最終決定犧牲自己的故事。

❷ **以校園愛情的情節為主的時候** 沒禮貌的美術系新生 A 同時也是一名魔法少女，她為了讓社團活動順利進行，在過程中發現了神祕男主角 B 的身分，結果兩個人墜入愛河的故事。

這兩個一句話大綱愈簡略愈好。因為一句話大綱中如果放入具體的設定，故事反而很難往下發展。先來看看，在這簡略的一句話大綱中有什麼樣的目標。有「拯救世界」和「順利進行社團活動」這兩個目標。如果兩個都想使用，必須先確認它們是否會衝突。如果目標會衝突，就從中選一個；如果不會衝突，可以先定下主線的情節，然後其餘的情節再作為輔助合併到故事裡面。合併的時候，也有兩種不同的方法。第一種是將故事區分成前半部和後半部；第二種是先讓兩個故事各自發展，然後再從第二幕的後半部加入支線情節，藉此幫忙解決主線情節的問題。

首先，將故事分成前半部和後半部時，可以將情節整理如下：「女主角Ａ是一名沒禮貌的美術系新生，同時也是魔法少女，她在進行社團活動的過程中認識了沒有禮貌的男主角，後來兩個人為了拯救世界而同心協力、一起奮鬥。」社團活動大概可以放在前面的一到十五話。前半部的內容為兩個人建立關係的輕鬆故事，所以後半部的主線情節就是為了拯救世界而奮鬥的故事。在這種情況下，還需要追加其他支線情節。

使用第二種方法，整理後如下：「女主角Ａ是一名沒禮貌的美術系新生，同時也是魔法少女，她在進行社團活動的過程中，認識了沒有禮貌的男主角。要忙著當魔法少女，又要忙著搞社團活動，忙碌的女主角也能談戀愛嗎？」在這種

狀況中，社團活動的內容會從一開始連接到最後，並且與兩個人談戀愛的故事合併在一起，成為主線的情節。然後主角身為魔法少女的祕密，可以作為支線情節與主線情節一起推進。兩人的戀情能否修成正果的關鍵，在於男主角如何接受女主角是魔法少女的祕密。

　　兩個故事合併之後，很難馬上定下結局，所以比起企畫型的一句話大綱，更適合用行銷型的一句話大綱。如何？接下來，就盡情地拆解往兩個方向發展的故事吧。

06

不管是發想什麼企畫
都只能想到短篇？

要不要更深入挖掘
人物之間的衝突？

雖然劃分作家的基準很多，但從我的經驗來看，可以分為角色中心型作家、角色關係型作家以及情節中心型作家。

❶ **角色中心型作家** 重視角色內在的衝突
❷ **角色關係型作家** 重視角色之間的故事
❸ **情節中心型作家** 重視外部的衝突

如果不管怎麼擬定企畫，都只能想到短篇故事，那麼有很高的機率是太專注在挖掘主角的內在衝突上。這是角色中心型的作家經常會遇到的問題。在長篇故事中，角色之間的關係或是各式各樣的事件（故事），對於角色內在的衝突以及

成長都相當重要。如果只將焦點放在角色的過去、內在的匱乏上，就很難繼續發展其他的事件。不知道自己是哪種類型的作家嗎？

網漫《ONE》（作家：Lee Eunjae）
主角的爸爸，期望他在課業上有哥哥那樣的表現，處處控制主角的生活。但其實主角是個打架天才，他打倒了那些欺負自己的不良少年，並且在過程中組成以暴制暴的二人組。

看到這段說明後，你有什麼想法？

情節中心型作家 主角要打敗的不良少年是誰？外部的敵人還有哪些？
角色中心型作家 這個主角為什麼會變成這樣？他的哥哥和爸爸是什麼樣的人？
角色關係型作家 主角和其他角色中的哪一個人變成朋友？二人組常去的地方有哪些？他們為什麼變熟？

這些問題，在作品創作的過程中都會提出來。只不過哪個問題先問，哪個問題之後才解決，都會決定作品企畫的大

小。角色中心型作家大致上已經有些眉目，知道如何填滿三幕的結構。但如果過度關注與主角的內在匱乏相關的人物（爸爸、哥哥），第二幕就會空空的。與主角的內在匱乏直接相關的人物，通常都是處於過去的人物。也就是已經發生的事。所以通常都會在第二幕的開頭留下過去人物的伏筆，然後在第三幕時才會重新登場。主角需要處於現在的人物，如果沒有這樣的人物，就必須替主角創造一個現在的人物。這在製造人物之間的衝突上是必要的元素，也就是在故事進行中登場的新人物。

一開始是短篇，後來卻變成長篇故事的案例出乎意料的多。《賭博默示錄》（作者：福本伸行）、《男女蹺蹺板》（作者：津田雅美）等，都是從短篇發展成長篇的作品。尤其是《男女蹺蹺板》，從第一話開始就有很多現在的人物登場，這是這個作品能擴展成長篇故事的關鍵因素之一。為了創作長篇故事，我們要不要試著繪製看看主角現在的人物關係圖？

07
想擴大
故事的規模

是不是完全
封閉的故事？

　　某位作家將下一部作品的摘要寄給平台後，收到以下的回覆：「故事很有趣，不過如果能擴大故事的規模更好。」這是什麼意思？如果收到這樣的回饋，就有必要檢視看看，自己創作的故事是不是「完全封閉的故事」。

　　有些作品從讀者的角度來看，會有以下的感受：「希望能加入周遭角色的故事，連載個兩百話。」這類作品是以角色為中心的企畫，所以，可以持續拓寬角色關係網，讓故事發展下去。大概類似於情境喜劇的模式。作家執行起來，也不太困難，反而會擔心故事變得太長。相反地，有些作品則朝向結局發展，是脈絡相當明確的「完全封閉的故事」。

可以說就像是已經將片長定為九十分鐘的電影。如果是以情節為中心來企畫的作品，添加太多細節，可能會導致緊張感降低。

為了維持一定程度的節奏感，在其他部分需要有些變化。要擴大故事規模，就必須擴張。擴張的方法有兩種。

❶ 擴張空間
❷ 擴張時間

假設有一部作品講的主題是逃脫。故事中，主角 A 要逃出空間 B。光是出現在 B 裡面的障礙物，還有因此發狂的人物，就能讓故事發展充滿緊張感、節奏明快。如果是初稿，那麼應該會設定好一個基礎框架「逃脫名為 B 的空間」，並且大略安排好一些障礙物。這時，如果聽到負責人問你是否能擴大故事規模，你該怎麼做？（雖然並不一定會遇到這種狀況）你可以考慮擴張空間或者時間。

舉例來說，雖然同樣是以殭屍作為主題的作品，但《DAMAGE OVER TIME》（作者：Sunwoo Hoon）的故事局限於獨立的軍隊中。除了後半部搭上卡車出去的內容，其他故事都是在獨立的空間中上演。而《血清素》（作者：Kang Huiseok）雖然也有出現獨立的地區，但是該地區之外的其他地方還是有人居住。與其說殭屍是巨大的威脅，不如說是將

焦點放在利用殭屍的社會上面。因此，在探討殭屍所在的區域時，不會僅止於逃脫，而是能將空間擴大到與殭屍息息相關的整個社會，或是讓角色搭乘軍用車輛跑到四處探險來擴張空間。

那麼，擴張時間是什麼意思？也就是穿梭於過去和現在。現在的故事雖然是以逃脫為主軸，但主角鐵定還是有自己內在的問題。所以主角在逃脫的同時，亦會做出重大決定。關於這個部分，不要光是用現在的敘事來去拆解，而是要在開頭就暗示主角擁有什麼樣的過去，然後讓故事穿梭於過去與現在，並且將於現在的時間點做出重大決定的瞬間，跟過去的時刻相互結合，讓過去的敘事和現在的敘事融合在一起。這就是擴張時間。如此調整的優點在於，「逃脫」這個基本的敘事雖然沒有改變，卻能夠更深入地探討角色的心理。因此，這確實值得一試，對吧？

如果想更深入了解，可以閱讀羅納德‧托比亞斯（Ronald B Tobias）撰寫的《擄獲人心的二十種情節》（20 Master Plots: And How to Build Them）中＜冒險情節＞的篇章，或是布萊克‧史奈德（Blake Snyder）撰寫的《先讓英雄救貓咪》（Save the Cat!）中＜英雄的旅程＞的章節。

如果沒辦法填滿小的事件怎麼辦？

即使靠擴張空間、擴張時間等方法來填滿三幕的分量，有時還是很難想到中間的小事件。請試著填填看以下的問題。

1. 在主角成為A這方面，有什麼充滿欲望的競爭者或是敵人嗎？

2. 為了消滅上述的競爭者或是敵人，請試著按照順序整理出三件支線任務。

❶

❷

❸

3. 為了完成支線任務，請整理出計畫。

支線任務			
同伴 1		同伴 2	
企畫			
預期的問題			
解決問題的方法			

主角藉由 任務得知 什麼？	

舉例 主角的欲望 「**我想成為皇后**」

1. 不能讓即將被選為皇后候選人的☆（家族的長女）參加候選人選拔。

2. ❶ 派人潛入☆家族當間諜。

   ❷ 搞垮☆家族的事業。

   ❸ 抓住☆家族長子的弱點，讓他跟主角站在同一陣線。

3.

支線任務	抓住☆家族長子的弱點，讓他跟主角站在同一陣線		
同伴 1	非法賭場老闆	同伴 2	皇太子
企畫	派間諜潛入☆家族挖長子的底細。 得知長子經常出入賭場。 在非法賭場欺騙長子後，讓他抵押☆家 族的寶劍。往後可以用寶劍威脅長子。		
預期的問題	在非法賭場，有適合欺騙長子的角色嗎？		

解決問題的方法	在原本的設定中，主角有一群在間諜產業打滾的朋友。或是也可以幫主角增加一個很會賭博的隱藏設定。
主角藉由任務得知什麼？	其實這個長子並非真的長子。因此，☆的家族寶劍也不是真的寶劍。真正的長子另有其人！

在填寫學習單的過程中，你應該會想到許多小事件。主角是在哪裡認識非法賭場的老闆的？主角那群在間諜界打滾的朋友是新認識的嗎？還是原本就有的角色設定？跟這些內容相關的故事應該安排在哪個部分？等等。把跟著大事件一起出現的小事件（如同上述所舉例的）──填進去後，不知不覺就能寫出很扎實的情節。

08

自傳型故事，
需要很刺激嗎？

>>

先思考
故事的緣由吧！

　　作品雖然是作家創造出來的故事，卻無法完全與作家切割開來。創作者也是一樣。有不少作品是作家將作品中的人物與自己連結，或是乾脆以自己的故事為背景來創作。換句話說，所有的故事中都包含作家「自傳性質」的元素。因此，作家時常會陷入以下這種煩惱：「有必要將我經歷的事情寫得很刺激嗎？」這等於是在想，該如何將自己經歷的「真實」故事，寫成刺激的「虛擬」故事。

　　東浩紀在《遊戲性寫實主義的誕生》一書中，對此給了有趣的回答。在說明之前，我先問各位一個關於寫實主義的問題。許多寫作書籍中都有談論寫實主義。即使不讀寫作書，

透過電影、電視劇、漫畫、小說等，你多少都會對「寫實主義」有個模糊的印象。不曉得你是否覺得寫實就是一種渾身赤裸裸的感覺，讓你聯想到某些不愉快又羞愧的事情？但在這麼想的同時，你是否也在心中懷疑，難道那真的就是寫實主義嗎？

東浩紀說，漫畫、遊戲、動畫的角色不是模仿自然的現實寫實主義，而是已經在相關領域中，模仿某些系統化積累起來的具體事物。假設有一個白髮青眼的角色，那麼他的真實身分就是龍！而在愛情故事中，如果有兩個男主角，一個是溫柔的黃頭髮，一個是沒禮貌的黑頭髮，那麼男主角就是後者！就是用這種方式，從已經數據化的領域當中延伸出來。

如何？我們讀過的眾多作品，也可以按照這個基準來分類。就像遊戲化寫實主義那樣，有時模仿非現實的東西，有時又以模仿現實的自然寫實主義來進行。現在我們從創作者的角度來切入看看。作家有很高的機率會粗略地想著「我的作品要走○○的風格」。

只不過以自己為原型誕生的角色，應該還是更接近自然的寫實主義吧？若即使如此，還是決定要加入強烈的刺激性元素，那麼就會考慮其他的寫實主義。至少，對於「真實」的看法應該稍微變得不同了。並非只有跟自己相關的內容才是真實的。科幻小說家娥蘇拉・勒瑰恩（Ursula K. Le Guin）也

說：「奇幻是最古老的敘事方式，也是最普遍的敘事方式。」
科幻世界的確與現實不同，但又充分融入了寫實的元素在裡
面。奇幻的素材，反而比寫實所探討的社會風俗還更具永久
性和普遍性。因此，我們沒必要認為，只有現在在這裡的作
品才是「真實」的。

　　好，接著要下結論了。現在應該怎麼做比較好？雖然這
是創作者的選擇，但大致上有三種方法。第一、你可能只想
要描寫真的發生在你身上的事情。在這種狀況下，比起獲得
讀者共鳴，該作品更是會成為你回顧自我的素材。因此，就
算作品沒能獲得高人氣，也不用太過傷心。因為一開始的創
作意圖，就是以創作者自己為出發點的嘛。第二、如果想在
不破壞作品意圖的範圍內好好創作，那麼能以經驗為基礎，
再根據情節改變事件的排序，增添緊張感。第三、以自傳
型的故事為起點，但只將其當作素材來使用，再一番料理後
製成美食。如果想採用這種方式，就要構思情節和企畫，並
且專注於創作要素上。因為雖不曉得最後會製成什麼樣的料
理，但材料仍然是一樣的。

不同類型的作家
開始的方法也不同

　　奇怪的是，在短篇企畫發揮得很好的預備作家，經常在長篇企畫中迷惘。就連很認真上課的學生，也會在一番苦思後交出空白的企畫案。

　　好奇這是為什麼嗎？出乎意料的是，許多人都是因為太想好好表現，結果反而什麼都做不出來。所有創作者都有想好好表現的野心。野心是丟不掉的。因為是作家啊。只不過，沒有人希望自己因為太想表現好，結果卻什麼都做不到吧。我並不是要你丟棄野心，而是要你先做做看。

　　如果你有過類似的煩惱，請先想想看自己是哪一種類型的作家。以下來看看開始創作長篇的方式，有分鏡和摘要兩種。

❶ 從分鏡開始的類型

把三幕劇結構放在一旁，先創作第一至三話的分鏡圖或是文字分鏡，同時更具體地將角色形塑出來。在沒有任何限制的狀況下把玩角色，然後不知不覺就按照情節的規則完成了分鏡。像這樣完成分鏡之後，就能比一開始在腦中想的時候，更進一步地塑造出角色和情境。假設最初只想到一個主要推動故事的構想：「如果得厭食症的主角，突然獲得了什麼都能吃的冰箱，會發生什麼事？」那麼在構思第一至三話的時候，就會逐步加入「主角的個性其實很惡劣」、「主角是格鬥選手，現在需要減重降量級」等設定。主角的朋友或是在前面的話次中默默呈現出來的主角與父母的關係等，都會接連出現。撰寫整體的摘要之前，先粗略畫好分鏡再開始摘要的優點在於，可以更輕易地勾勒出角色的模樣。只不過，這時候製作的分鏡，之後全部都要重新繪製（當然不管是什麼分鏡，都不可能直接使用）。用這種方式完成分鏡後，以此為基礎來撰寫摘要，就會簡單許多。

❷ 從摘要開始的類型

這種就是從先勾勒出的整體架構開始創作的類型。三幕劇十五話，或是英雄旅程的十二個階段都很好。首先，將作家腦中的故事撰寫在模板上。這時可以先擬定幾個值得嘗試的一句話大綱，然後再用不同的方式混搭看看。「如果得

厭食症的主角，突然獲得了什麼都能吃的冰箱，會發生什麼事？」這個一句話大綱，今天可以寫成柔道選手的故事，明天又可以寫成網紅的故事。又或是在初期安排柔道選手遭朋友背叛的故事，然後明天再換成主角背叛朋友的故事。像這樣，用各式各樣的方法，多次將一句話大綱套用到模板中重新創作，就能生出多元的結局。之後，再將所有你寫的一句話大綱列出來看。持續嘗試多種組合，便能誕生出比最初所想的還更豐富的故事。

　　不管是什麼樣的類型，共通的原則就是要先採取行動。如果不開始，就不可能完成文章。應該摘要先寫，還是分鏡先做，這個我無法替你做決定；但是我能明確地告訴你，如果不開始就絕對無法完成。

以核心點子爲基礎，蒐集了故事所需的素材後，現在該來煩惱如何安排了。故事裡所安排的事件，就稱做情節。情節是在作者思考「要讓讀者用什麼方式來閱讀故事」之後，所誕生的產物。

長久以來，許多作家和學者都對故事的結構做了很多研究，最後留下來的研究結果就是各種不同的寫作理論。只不過，那些理論大部分都是用來創作小說和電影的，所以如果想套用到我們創作的連載型故事內容，還需要一些要領。別想得太困難！觀察對方的反應來判斷自己說的話是否無趣；根據狀況調整已經擬定好的待辦事項順序；追加提出計畫之外的有趣話題，就算我們不是作家，這些事情平常也總是在做。

PART **2**

架構 篇

該如何安排才好？

01

連載型作品
也需要三幕劇架構嗎？

當然需要！
只不過需要一些應用的技巧。

　　大部分寫作書籍的內容，都是以三幕劇的架構為中心來闡述的。不用想得太難，其實就是「開始」、「中間」、「結尾」。在第一幕中丟出來的問題，會在第二幕中被擴大，然後在第三幕中解決。

　　將故事切成三塊的方法，是大部分的理論都通用的原理。這大致上就像魚店老闆在切白帶魚的時候，都會先切除魚頭和魚尾那樣。不過要再將魚頭（一幕）、魚身（二幕）以及魚尾（三幕）切成幾塊，每個理論的學者都有不同的意見。最具代表性的有 2-4-2（保羅約瑟・古立諾〔Paul Joseph Gulino〕主張的「八段法」）、5-4-3（克里斯多夫・佛格勒〔Christopher

Vogler〕主張的「英雄旅程十二階段」）、5-7-3（布萊克・史奈德〔Blake Snyder〕主張的「十五個劇情轉折」）等。要依照哪一種做法來料理，全憑廚師的意願。不過它們都有一個共通點，那就是要把「白帶魚」給切斷。

現在我們將「白帶魚」換成「電影」。上述提到的三種分段方式是用於電影劇本創作的。電影不管再長，都是同一塊肉。在劇本創作上有個大前提，那就是觀眾是一口氣從第一幕觀賞到第三幕的。不過連載作品並不是這樣嘛。因此，不能直接將劇本的創作方法套進去使用。

以下，先來看看史奈德三幕十五轉的架構。總共有十五個劇情轉折，所以如果是長三十話的網漫，每一個轉折大概由兩話來構成。史奈德的三幕十五轉架構——第一幕：1-5 轉；第二幕：6-12 轉；第三幕：13-15 轉。所以我們先試著將一至十話歸為第一幕；十一至二十四話歸為第二幕；而二十五至三十話歸為第三幕如何？

我先說清楚，這在連載作品上是絕對不可行的架構。在故事的開端，同時也是故事的引擎（動力）的第一幕就會遇到問題。看到第九話時，不僅還不太清楚這個故事在講些什麼，就連能左右故事整體脈絡的重大事件都還沒爆發，這將會導致讀者失去點擊下一話的動力。不對，大概在看到第五話的時候，很可能就不會再繼續看下去了。

因為現在是內容氾濫的時代。

有一件事，在準備作品的階段很容易被忽略。那就是讀者閱讀十話週更的漫畫，得花上漫長的十週。電影十分鐘就講完的內容，網漫讀者要投資整整兩個半月來閱讀。再加上中間還有九次中斷。有許多妨礙讀者投入的要素。也就是說，連載作品的第一幕不能分割成太多話。大部分的網漫在三話以內（網路小說大約在五話左右）就會結束掉第一幕的內容並進入正題（第二幕）。假如無法做到這一點，就必須加入其他安排。

那麼，解決了「不能分割成太多話」的棘手問題之後，第二幕和第三幕可以從容地按照十五個劇情轉折的架構，來推進故事嗎？答案是不適合。首先，篇幅就是個問題。雖然前述以三十話完結的網漫為例，但大部分的作品都比這更長。非常多作品都超過一百話、兩百話。剛剛有說過，不管整體篇幅的多寡，第一幕都得在三話以內結束，對吧？在整體篇幅為兩百話的作品當中，扣除第一幕的三話，還剩下一百九十七話，而史奈德的第二幕分成七段，第三幕則分成三段。以下用算數來分割看看。

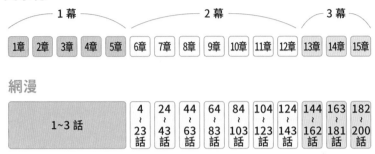

　　計算結果為平均每個劇情轉折分到一九・七話，四捨五入後，每個劇情轉折會被分配到二十話。我們更具體地探討看看。史奈德第二幕的最後一個劇情轉折，也就是第十二個轉折點，被稱為「黎明前最深的黑暗」。是主角失去一切希望，徹底感到絕望的篇章。各位能花費二十話（橫跨漫長的五個月）來描寫主角的絕望嗎？從讀者的立場來看呢？會想看那二十話的內容嗎？

　　現在有比較清醒了嗎？重點是，對一部兩百話的網漫（以週更為基準的話，連載長達四年！），讀者期待的並不是比電影慢上二十倍的故事節奏，而是比電影豐富二十倍的內容（事件）。那麼，連載作品的企畫者難道不需要學習三幕十五轉（或是三幕八段法等）嗎？

　　當然不是。連載內容真的是非常有趣的存在；**全部內容合起來才算是一個完整的作品，但其餘的部分（連載的內**

容）也構成較小的單元。如果拆解電影的部分內容，該內容就只是電影的片段罷了，但是網漫或是網路小說的一話，則具備獨立內容的價值。因此，其中必須有能吸引讀者的「架構」。劇本創作方法提到的故事架構，對構思「一話」或者「一個事件」的情節上，有很大的幫助。建議不要將第二幕視為一整個大區塊，而是將其看成切分成幾個比較小且完整的三幕組合成的連續區塊，如同以下圖示所示。

三幕劇架構

在戲劇、電影、小說等敘事方法中，最基本的框架就是出自於亞里斯多德在《詩學》中提出的：「所有的故事都必須有開頭和結尾」。不同的學者對於第一幕（開始）、第二幕（中間）、第三幕（結尾）的定義各不相同，不過，他們普遍認同這個架構所發揮的功能。

第一幕會介紹主角，描述狀況，發生問題，提出疑惑。而第三幕會看見主角產生變化的樣貌，問題被解決，疑惑得到解答。第二幕則是從第一幕發展至第三幕的過程。如果說第一幕是數學問題，第三幕是解答，那麼第二幕就是演算過程。問題會擴大，反覆試錯。在第二幕的結尾（高潮），主角會面臨前所未有的困難，這份考驗會令主角之前所有的嘗試都顯得徒勞無功，他要麼是克服了困難，要麼就是失敗。此時，決定了第三幕的答案。

接下來，要不要將主角丟入某個磨難中呢？

學習單

關於三幕劇的三種觀點

1. 保羅·約瑟·古立諾的「三幕八段法」(《劇本：分段拆解 (*Screenwriting: The Sequence Approach*)》)

幕	順序	功能
第一幕	A	－ 回答何人、何事、何地以及何種狀況下，開展劇情的相關問題。
	B	－ 主要張力軸（敵人、困境）的布局和勾勒出戲劇性疑問 － 主要衝突形成
第二幕	C	－ 初次嘗試解決在第一幕結尾提出的問題 － 提出最簡單的解決方案
	D	－ 第一次的嘗試失敗了，採取進一步的行動 － 此時，觀眾往往已對戲劇性疑問的答案有了相當明確的認知
	E	－ 努力化解新出現的複雜狀況 － 出現新角色和新企畫
	F	－ 所有用來緩解緊張張力的簡單解答全部沒用 － 主角在最惡劣的狀況下，努力解決問題
第三幕	G	－ 危機感提高、節奏變快 － 大多會出現意料之外的發展
	H	－ 故事開頭出現的失衡，都會得到正向或負向的解決 － 包含尾聲或結局

2. 克里斯多夫‧佛格勒的「英雄旅程12階段」（《作家之路：從英雄的旅程學習說一個好故事〔*The Writer's Journey: Mythic Structure for Writers, 3rd Edition*〕》）

幕	英雄旅程 12 階段	說明
第一幕	**平凡世界** (The Ordinary World)	– 秀出故事開端所需的素材 – 藉由平凡世界的平凡凸顯出即將展開冒險的世界之差別
	歷險的召喚 (The Call to Adventure)	– 暗示主角必須離開平凡世界前往非常世界 – 啟動故事的起點
	拒絕召喚 (Refusal of the Call)	– 煩惱是否要接受召喚 – 因為恐懼拒絕召喚、高度緊張感
	遇上導師 (Meeting with the Mentor)	– 遇上導師，導師提供冒險時所需的東西，鼓勵主角繼續冒險
	跨越第一道門檻 (Crossing the Threshold)	– 進入非常世界，跨越第一道門檻 – 遇見門檻的守衛
第二幕	**試煉、盟友、敵人** (Tests, Allies, Enemies)	– 完成試煉，經歷重生為英雄的三個要素
	進逼洞穴最深處 (Approaching the Cave)	– 抵達旅程核心的洞穴 – 藉由盟友的幫助克服難關
	考驗磨難 (The Ordeal)	– 英雄遇見最強的敵人 – 遇到苦難、體驗死亡、經歷重生的過程
	獎賞 (The Reward)	– 獲得完成試煉的英雄之劍、寶物、仙丹妙藥等作為獎賞

	回歸之路 (The Road Back)	- 站在抉擇的十字路口上：要帶著獎賞返回日常，還是要繼續冒險？
第三幕	復甦 (Resurrection)	- 返家、面臨最後的試煉、經歷復甦
	帶著仙丹妙藥歸返 (Returning with the Elixir)	- 帶著長生不老的仙丹妙藥返回，結束旅程

3. 布萊克·史奈德的「三幕十五轉」(《先讓英雄救貓咪：你這輩子唯一需要的電影編劇指南〔*Save the Cat!: The Last Book on Screenwriting That You'll Ever Need*〕》)

幕	轉折	功能	說明
第一幕	1. 開場 畫面	作品的氛圍、類型、線索	- 與「結尾畫面」相對應的「改變之前」的概略樣貌
	2. 主題 陳述	隱晦地揭示出主題	- 大多出現在主角聽到某些話的場景 - 主角到後來才體會其中的深意
	3. 布局	展開冒險之前的世界	- 交代所有出場的主要角色
	4. 導火線	作品中的第一個重要事件	- 撼動主角人生的場景
	5. 天人 交戰	主角經歷天人交戰，煩惱自己是否要踏上這趟旅程	- 可能是一個畫面，也可能是很多個畫面，但也可能被省略

第二幕	6. 第二幕 開始	主角的決定、 旅程的開始	－ 主角必須因為自己做出的決定 而進入第二幕
	7. 副線	氣氛轉換	－ 大部分會用來討論愛情故事和 家族故事等情緒性的場景 － 最好能包含對主題的探討
	8. 玩樂 時光	追求作品 最極致的樂趣	－ 讀者會忘記情節（在故事之外） 去享受作品的精彩橋段 － 作家能在此盡情展現特長
	9. 中間點	作品前半部和 後半部的分界點	－ 主角達到成功的巔峰（勝利的假 象）或是周遭世界開始崩壞
	10. 反派 來襲	逆轉發展至 中間點的情勢	－ 在內部（主角內部潛在的問題）或 外部（實際存在的敵人）遭遇致命 的危機
第三幕	11. 一敗 塗地	主角的失敗 （假象）	－ 對主角來說很重要的某個東西 死去 － 呈現「死亡氣息」的場景
	12. 黎明前 最深的 黑暗	主角失去一切希望 的模樣	－ 主角失去一切希望的模樣
	13. 第三幕 開始	發現解答、 導出結論	－ 新的靈感、最後的行動，在副 線故事中主導感情線的人物等 成為契機，導出新的解答
	14. 大結局	兩個世界的 綜合 嶄新的世界	－ 主角以舊世界和新學習的世界 作為基礎，開出第三條路
	15. 結尾 畫面	證明改變已經發生	－ 呼應「開場畫面」 － 所有的故事都緊扣著「變化」， 因此變化的幅度必須很大

02

如果將第一幕的內容全
部放入第一話中呢？

>>

不建議那麼做。

　　雖然，我一再強調連載作品的第一話相當重要，但還是不能太超過。有很多作家的第一話修改超過十次。理由很簡單。如果讀者沒有把第一話讀完，就不會讀第二話。第二話的點閱率一定比第一話還低。意思是，不管第二話之後的故事再怎麼有趣，如果第一話沒有讓人想繼續讀下去的吸引力，就毫無用處。

　　雖然我說過網漫的第一幕大多會在三話以內結束，但是在紙本連載漫畫盛行的時期，作家會將第一幕的內容全部放入第一話中。觸發事件（第一個情節高潮），也就是主角正式踏上旅程的場景會直接被當作第一話的結尾。

觸發事件（Catalyst）

布萊克・史奈德的《先讓英雄救貓咪》（*Save the Cat!*）中所使用的詞彙，意指發生在第一幕結尾處的重大事件。該事件將主角引導至嶄新的世界，進入新世界的主角沒辦法再回到舊的世界。這符合希德・菲爾德（Syd Field）提出的「第一個情節高潮」。

這種方法是將「第一話當成第一幕」，同時把一個完整的故事放入第一話當中，所以第一話本身就能以三幕劇的架構來分析。以下一起來看看，尾田榮一郎《航海王》中，第一話的結構：

p1	航海王留下遺言，宣告大航海時代開始。
p2-3	（標題、插畫封面）
p4-6	以小港村為背景，介紹主角魯夫的個性和野心。
p7-12	介紹海賊傑克。交代他與魯夫的關係。
p13-18	山賊現身搗亂，但傑克沒有理會。
p19-22	魯夫很生氣，說傑克很孬。
p23-29	山賊再次登場。魯夫遭遇危機。

p30-36	傑克登場，救魯夫脫離危機。（中間點）
p37	魯夫被山賊抓走。
p38-44	海怪現身，魯夫面臨喪命的危機，但傑克犧牲自己的身體救下魯夫。
p45-47	傑克與魯夫道別。傑克將自己的帽子交給魯夫。
p48-52	十年後，長大的魯夫終於出航。打倒之前那隻海怪。
p53	魯夫宣告自己將會成為航海王。

　　第一話提出了一個疑問：「魯夫想當航海王，究竟魯夫能不能成為航海王呢？」可以將這一段故事看作第一幕。因為在第一話中介紹了主角魯夫，還交代了魯夫的狀況（看起來沒有監護人、吃了惡魔果實後無法游泳、崇拜海賊傑克一夥人），並且提出了問題：「不會游泳、沒有夥伴的孤兒少年，真的能成為海賊嗎？」在第一話的結尾，主角宣告「我要當上航海王」，如此揭開第二幕的篇章。從第二話開始，主角將會反覆嘗試並經歷苦難，一路朝著有解答的第三幕前進。

　　另外，還可以按照以下的方式分析。

第一幕	夢想成為海賊的魯夫，看見自己崇拜的海賊傑克露出懦弱的一面而生氣。
第二幕	魯夫莽撞地反駁羞辱傑克的敵人，結果陷入危機。後來傑克犧牲自己救下魯夫。
第三幕	魯夫學到海賊真正的勇氣，決心總有一天要成為像傑克那樣的海賊。

從這個架構來看，第一話的內容如下：「分不清勇氣和蠻橫的魯夫，透過傑克的事件學習到真正的海賊只會替夥伴出氣，因此決心要成為像傑克那樣真正偉大的海賊。」可以將第一話看成一個已經完結的成長故事。讀者看了一篇完整的故事後獲得滿足感，而第一話在整個敘事中也忠實地扮演了第一幕的角色，是很出色的第一話。

將第一幕全部放入第一話中的優點在於脈絡自然且圓滿，而缺點則是第一幕必須集中於「介紹和說明」，所以直到觸發事件，也就是將故事帶入第二幕的主要事件出現之前，有可能會覺得無趣。關鍵在於，在觸發事件發生之前，交代人物和狀況的部分能夠描寫得多有趣。包含《航海王》在內的紙本出版漫畫，會加入能在一話的篇幅內解決的小事件（以上述的第一話為例，放入主角與山賊的衝突），藉此提高整

體的緊張感，並且達成敘事的完整度。

「第一話當做第一幕」的最大障礙就是篇幅。要想把第一幕全部放入一話裡，篇幅自然就會增加。一直以來，紙本漫畫大多選擇承擔這個結果，破格地分配許多篇幅至第一話中。《航海王》的第一話扣掉插畫封面，總共就有五十一頁，而《火影忍者》（作者：岸本齊史）第一話的頁數甚至超過六十頁。週刊連載漫畫每一話的頁數通常為十八頁，以此來看，這兩部作品的第一話大約是三話的篇幅。假設每一頁只有五格，那麼一話至少有三百格以上。雖然在網漫中也有作品將第一幕全部放入第一話中，投資了多達數百格的龐大篇幅，但最近不太運用這種方式。最大的問題在於像這樣創作第一話，需要比其他話次多耗費三到五倍的勞動量。另外，篇幅愈長，讀者就必須滾動愈多頁面，因此帶來的疲憊感，也不容忽略。

不過，紙本漫畫，怎麼有辦法讓第一話的頁數超過六十頁呢？原因有很多。首先，在以雜誌連載為基礎的紙本漫畫中，是按照頁數多寡來支付稿費的。頁數增加時，作家的勞動力也能獲得同等的報酬。只要能在第一話中發揮作品的潛在魅力與趣味、吸引讀者，出版社也不會吝惜多投資些稿費。

第二個原因是在雜誌上連載的畫面，都是以會發行單行本為前提來創作的原稿。出版社的主要收益並不是來自雜誌

的銷售量，而是來自將連載內容集結成冊後，印刷成單行本販售的銷售量。閱讀集結成冊的漫畫時，讀者的感受會從閱讀「一話」的篇幅，轉換至閱讀「一本」的篇幅。翻開書頁後就會讀到最後，並且在過程中，幾乎不會意識到每一話的分段。

再回來談談，網路漫畫。我剛剛說，沒必要將第一幕全都放進第一話中。那麼第一至三話的內容要怎麼安排？基本上，有兩種方式最為常用。

第一、第一話中立刻出現衝突事件的場景，然後在第二至三話中加以說明。以災難題材為例，第一話發生意料之外的驚人天災，主角無助地遇險。讀者會保持著「天啊！這是怎麼回事？」的狀態讀完第一話。第二話開始後，主角平復心情，開始分析狀況。正式的布局就是從這裡開始。這個架構是顛倒了電影創作書籍裡提到的第一幕架構中「布局＞觸發事件」的順序。經常會用在閱讀第一話的讀者身上，藉此勾起他們好奇心，讓他們（下一週）再回來閱讀第二話。不過，最近常有第一至三話，或是第一至五話同時公開的狀況，所以，這種設計就顯得沒有意義了。

第二、不將主要的情節觸發事件放到第一話中，而是改成置入假的觸發事件，或是安排小型的觸發事件。在第一話的結尾安排具衝擊性的場景，在第二話的結尾又安排另一個

具衝擊性的場景（故事持續進行中）；然後，在第三話才放入能左右這個故事整體脈絡的真正的觸發事件。

第一話結尾 「我竟然和初次見到的這個人發生關係？！」

第二話結尾 「（好不容易重逢）這個人竟然完全不記得我？！」

第三話結尾 「（我已經愛上那個人）聽說他只要接吻，記憶就會重置？！」

如何？上述真正的觸發事件，也就是核心問題是：「我愛上了接吻後記憶就會重置的人，要怎麼樣才能實現與他之間的愛情？」由於觸發事件安排在第三話，所以讀到第二話時，讀者還不知道這個故事有另一個核心問題就繼續讀下去。「即使如此，還是⋯⋯」該如何讓讀者在閱讀的時候不覺得少了些什麼，而是能順順地讀下去，就是作家的課題了。

最後，每一話丟出來的結尾，要能彼此自然地串成同一個脈絡。更準確地說，必須朝著第三話會出現的「真正的觸發事件」逐漸增加強度來擴張。舉例來說：

第一話結尾	釜山發生大型地震，主角被埋在殘骸下方。
第二話結尾	主角被救出來送往醫院，與隔壁床的病患關係變親近，該病患卻突然發生嚴重的呼吸困難。
第三話結尾	好不容易將隔壁病患的危急狀況告知值班醫生，沒想到醫生剛好是主角的前任情人。

　　這次的故事覺得如何？是不是哪裡有點奇怪？大概是一種「搞不懂這個故事要講什麼」的感覺。地震發生、導致主角被埋在殘骸下，變親近的隔壁病患突然面臨生死關頭，這些內容拆解出來看，確實都是具有衝擊性的事件，但是看不清楚作家安排事件的方向是什麼。作家真正想講的應該是「以醫師和患者的身分重逢的舊情人，克服各種誤會和辛苦，最終重修舊好的故事」。如果你問作家為什麼要安排地震、住院、隔壁病患發病等內容，他很可能會說：「我想用合理的方式來描寫他們兩個人重逢的過程。」如果作家很坦率，他或許會說：「我想讓每一話的結尾都帶有衝擊性，結果就變成這樣了。」

　　不管是哪一種回答都不好。第一幕務必要很明確且俐落。請將事件集中朝情節的高潮處發展。不管你想到的事件再怎麼有趣，如果那個內容和情節的高潮呈相反方向，還是趁現在趕快捨棄比較好。

網路小說初期的架構

網路小說的第一至五話的架構跟網路漫畫的第一至三話的架構類似。這是平台或出版社收到作品投稿時，通常都會收到的稿量。另外，如果是免費的內容，就會收到一次同時公開的話次；如果是收費的內容，則會收到初期免費公開的話次——網漫是一至三話，網路小說是一至五話。梁老師前面提到用在網漫第一幕的公式，通常都是套用在網路小說的第一至五話。網路小說的第一幕長到第五話，節奏是不是比網漫還要慢？並非如此。雖然根據類型不同會有所差異，但在網路小說的第一至五話中，要在初期與主角對抗的敵人（通常戰鬥力普通）都會明確地登場。在奇幻愛情類型的作品中，敵人通常都會比男主角先登場。（在第一至五話中）由敵人先男主角一步登場來營造初期的緊張氣氛，這種狀況出乎意料地多。因為奇幻愛情類型的作品，首先都要藉由與敵人之間發生的事件，來說明主角所居住的世界。就像是大部分重生題材的作品，目標都在於復仇一樣。那麼，現代愛情類型呢？雖然有許多案例，但最近的現代愛情作品只要有重生設定，男主角也經常會比較晚登場。因此，在初期需要多花些心思在敵人身上！

03

編情節編到累了，
稿子寫不下去。

>>

現在從情節中抽手吧！

　　在熱愛閱讀寫作書籍的作家當中，有些人堅信在完成完美的情節之前，不能正式開始創作。雖然我能理解這種匠人精神，但問題出在「完美的情節」。故事的架構必須多仔細，才能稱得上完美？如果你覺得很難衡量，我們先從其他方面來切入看看。假設你在規劃長達一年的世界旅行。究竟該規劃得多仔細，才能算是「完美」的旅行計畫？以日為單位？以小時為單位？如果定好哪一天幾點幾分幾秒要在哪裡做什麼事，就是完美的計畫了嗎？

　　你覺得這不合理嗎？情節也是一樣的。為期一年的連載跟長達一年的旅行沒有什麼不同。連載是「生活」。在過程

中，作家的年紀會一天一天增長，經驗也會持續累積。已經連載五十週的作家，比起畫第一話的時候又多活了一年、多畫了一年。許多事情已經改變，世界也變得不一樣了。從讀者的反應到企畫當下沒注意過的東西，都會自然而然地進入視線範圍內。可能會想到更好的發展方向，想到更有意思的事件，也可能會想將新的功能交給配角負責。

再回來談談旅行。為期一年的旅行應該要如何規劃？首先，應該會定下要從哪裡出國、要從哪裡回國。接著會定下出國和回國的日期並且訂購飛機票。然後會將想去的國家和城市一一安排到行程當中，就像一塊塊堆起來的墊腳石橋。旅行初期的計畫會定得很仔細，而且也會事先預訂住宿和交通票券，不過之後的行程就會比較鬆散，只會定下大略的行程。因為一年的時間終究不短。你現在並不知道在陌生的地方會發生什麼事，也不知道自己的內心會有什麼變化。即使如此，還是會有幾個重要的地方是促使你踏上旅程的關鍵，關於那幾個地方，你應該會擬定明確的計畫。像是不管有什麼事情都一定要去烏尤尼鹽沼，或是一定要吃某個城市的特色料理，又或是一定要看英格蘭足球超級聯賽等等。應該會像這樣在計畫的時候將「少了這個，這趟旅行就沒有意義」的東西，慎重地記錄下來吧。

連載也是一樣。會先定好起點和終點，也就是第一幕和第三幕。這會決定故事的方向。以下拿一個故事來舉例：「覺

得自己什麼都做不了的平凡高中生，主動犧牲自己來拯救世界」。雖然還不知道在第二幕具體會發生什麼樣的事情，但能預測的是，藉由那些過程，主角將不再覺得無能為力，他會在自己的心中明確找到必須拯救世界的理由，並且會根據那份體悟和身上的某種能力來拯救世界、犧牲掉自己。不管中間有哪些元素改變，這一點都不會改變。即使會大略定下第二幕的部分細節，不過那些都是可能會更動的變數。只不過，在企畫時就想好的主要事件、明確定下的畫面、能呈現主題的關鍵台詞、自己很想看到的場景等，都會另外標記起來。因為這些扮演了旅途中停靠站的功能。

再次強調，**只要故事的方向夠明確，就不需要在開始創作之前設計好主角在第四十三話、七十二話、九十八話中要在哪裡跟誰一起做什麼事情**。只要定下了起點、方向和中間幾個要點，就可以出發了。

要不要來了解看看其他作家的狀況？以電視劇《冰與火之歌：權力遊戲》（*Game of Thrones*）的原著小說聞名的《冰與火之歌》（*A Song of Ice and Fire*）是由喬治・R・R・馬丁（George Raymond Richard Martin）撰寫的。喬治・R・R・馬丁將作家分成「建築師型」和「庭園師型」。建築師型會先計畫好故事的所有細節後再開始執筆，而庭園師型則是先以短篇的構想開始創作故事，之後再觀察狀況自由發揮。建築師很清楚自己蓋的房子有幾個房間，但庭園師並不知道自己栽種的植物

總共有多少樹枝。馬丁說這兩種類型各自都有優缺點，並且坦承自己更接近庭園師類型。

史蒂芬·金（Stephen King）在《史蒂芬·金談寫作》（*On Writing: A Memoir of the Craft*）一書中表明，他相信情節與真正創造的自然並非對立的，同時還主張：「所謂的小說創作就是某些故事自己生成的過程。」冷硬派的巨擘雷蒙·錢德勒（Raymond Chandler）也表示：「對我來說，情節不是製造出來的，而是生長出來的。」這兩位作家的作品都以扎實的事件結構聞名，所以他們說出這樣的話，人們多少會有些詫異。

對於將長篇故事分段創作，並且在長時間中連載的網路漫畫和小說家來說，庭園師型的創作方法會比較適合。跟建築師型比起來，庭園師型的作家在開始設計故事之前需花費的時間比較短，因此可以在沒那麼疲憊的狀況下，正式開始進行創作。作家自己也不清楚故事下一步的發展，所以等於是一邊探索未知的世界，一邊觀察狀況尋找最佳的途徑，這亦有另一番趣味。但是反過來看，也可能會有總是要摸索下一步的負擔感。如果這真的讓你備感壓力，也可以選擇建築師型的創作方式。雖然很少見，但仍然有建築師型作家在開始長篇連載之前，已經編好每一話故事。如此做的優點在於，情節的安排都已經煩惱完，所以連載期間只需要全神貫注地執筆即可。不管選擇哪一種類型，只要作家自己創作起來順暢就好。

04

結構很完善，
摘要卻很無趣。

本來就是這樣。

　　如果只要故事結構弄得完善，自然就很有趣，那該有多好。然而，結構和有趣是不同的領域。你問我為什麼？我只能回答：「本來就是這樣。」完善的架構就像是堅固的骨骼。不過肉的滋味和骨頭沒什麼關係。因為我們吃的是豐腴的肉，不是骨頭。雖然擁有堅硬骨頭的牛長大之後，提供了美味的牛肉和牛奶，但把那些吃下肚的人，其實不太清楚牛的骨頭有多堅固，而且一般來說，也不太在意。

　　同樣的比喻套用到建築物上，也差不多。除非是專攻建築的人，不然沒有哪一個觀光客會讚歎：「這棟建築的鋼筋結構真的很堅固。」結構並不會進入一般使用者的視線範圍

內。當使用者注意到結構的瞬間，就是建築物要倒塌的時候。同樣地，若有病老到骨骼都支撐不住的家畜，在思索牠們品嚐起來的滋味之前，就會先判定牠們不適合食用。

故事的趣味來自於包覆在結構的細節之中，而不是結構本身。請試著回想，你覺得「有趣」的回憶。覺得某個角色很符合你的喜好時；那個角色說出經典台詞的時候；角色之間的關係設定達到絕妙之處的時候；某個難忘的場景長久留在心裡時；某起事件猶如自身遭遇讓人感同身受時；角色的情緒描寫觸動你的內心時……全部都是在敘事中「瞬間」發生的事情，與整體敘事架構並沒有太大的關係。

那我們為什麼還要在架構上下功夫呢？

第一、為了不讓故事崩壞。如果在不建立結構的狀態下寫故事，那就跟蓋房子時不知道該建物的用途，也不曉得最後要蓋成什麼樣子，只是一個勁地堆堆磚塊一樣。「堆著堆著總能蓋出什麼來吧！」用這樣的心態建設的建築，大多都會在什麼都沒蓋出來的狀況下，以未完成的狀態收場。就算最後的結果還算可以，那也有很高的機率是因為作家內建了大量的經驗和數據，才能在沒有意識到的狀況下設計完成。

第二、結構要穩固，才能塞滿有趣的細節。健康之於個人，雖不能保障魅力指數，卻能在人生的各種挑戰中成為有益的助力。相反地，不健康的時候，限制就會增加。就像這

樣，穩固的結構雖不能保障故事的趣味，但若沒有結構，趣味很可能就會瞬間結束。

　　如果你建立了一個滿意的結構，就等於是完成了占比最大的基本準備，是值得慶祝的事情。只不過，料理從現在才開始。沒關係，只要好好調味，一定會變好吃。

05

不能賜死主角嗎？

沒那回事！
全看作家怎麼安排。

在所有的故事中，讀者都會對主角代入最多。看到自己代入的角色死掉，當然會受到衝擊。大部分的人都會感到傷心，所以可以稱之為悲劇結局（sad ending），但卻不一定是壞結局（bad ending）。我們要不要將喜劇結局、壞結局改成「正結局」和「負結局」？前者是主角獲得所追求的結局，後者是主角失去所追求的結局。

為祖國獨立而奮戰的主角在抗爭過程中失去了性命，但祖國終究重獲自由。那麼，故事中主角的死亡該被描寫成「失去」嗎？相反地，主角熬不過酷刑拷問而變節，並在祖國滅亡的世界中享受榮華富貴與名譽，這難道就是喜劇結局嗎？

不這麼認為的讀者是更多的。

主角不僅孤獨一生，還被宣判死期將至，最後在整頓人生的過程中遇到了命定之人，兩人一起經歷大大小小的事件之後，最終在心愛之人的懷中闔眼離世。這樣的結局如何？雖然讀者可能會流下一些眼淚，但卻是一個正結局。因為主角獲得了他期盼得到的。

還有一種「愉快的悲傷結局」（merry bad ending），這個詞彙來自於日本的次文化。這是指主角覺得結局很幸福，但主角以外的世界和讀者都不那麼認為的結局。舉例來說：「主角對現實感到絕望後，放棄原本追求的目標，決定永遠活在夢境當中。」就是屬於這一類的結局。就算主角在永恆的夢境中過得很幸福，讀者還是會覺得既鬱悶又惋惜。當主角放棄目標時，就注定會是一個負結局。

在故事的第一幕中，作家描繪出來的主角總是「缺乏」了些什麼。主角無法擁有的某個東西，就是該作品的核心價值。不論主角自己有沒有意識到，他都會往追求那個東西的方向前進。說被排擠也沒關係的人會結識同伴；說不相信女人的富二代會渴慕某個女人；而放棄夢想的青年會因為某些契機重新開始追夢。最後在第三幕，如果主角結識同伴、獲得愛情、實現夢想，那麼他們就是迎接到各自的正結局。冷靜分析後會發現，在故事結構中，主角的生死其實是次要的元素。

就像 MBTI 之類的性格分類指標並不能成爲完美理解個人
的說明書，類型也無法說明整個故事的內容。卽使如此，
類型對讀者來說，依然是很重要的資訊。因爲現在每天都
有無數多的連載內容傾巢而出，若要從中找到自己想看的
故事，類型將是相當有用的分類基準。

雖然有些作家是因爲想要寫某種特定的類型才開始創作；
但有些時候，直到故事的架構完成之前，作家自己都無法
清楚定義該故事的類型。如果是以大衆敍事爲目標，就有
必要了解替自己的故事貼上哪一種類型的標籤，才能最有
效率地吸引到目標讀者群。爲此，就應該比讀者更清楚，
他們是如何區分類型的。

PART 3

類型 篇

這個故事屬於
哪一個類型？

這個故事屬於
哪一個類型？

因人而異。

　　如果你決定要寫一個「以校園為背景的愛情故事」，然後才開始編撰情節，就不需為這種事情煩惱了。因為這等於是先決定了類型再開始企畫。然而，並非所有的創作都是用這種方式進行的。如同前述提到的內容，創作可以始於一個極具特色的角色，也可以始於一個模糊的畫面。在這種情況下，就是在創作故事之後，才定義出類型。

　　由「堅持穿純白西裝的殺手」開始描寫的故事，屬於哪一種類型？既有殺手登場，動作情節的比例應該很高。而且會討論到犯罪題材，所以可以說是犯罪劇情，又或是根據呈現方式變成黑色電影。如果情節中出現殺手被敵人追趕而刺

激緊張的內容，那麼就可以光明正大地貼上「驚悚」類型的標籤。如果想用日據時期的京城作為背景呢？那樣一來就會是時代劇。假如殺手使用超自然的技術，就會變成奇幻類型；如果背景設定在不遠的未來，也可以定義成科幻類型。甚至只要你開心，把以上的類型全都貼上去，掛一個「動作科幻驚悚」的標籤也無妨。雖然這對要在企畫書上填寫「類型」的作家來說，是一件頗為難的事情，但是區分類型時，本來就是這樣。因為這並不是用單一的基準就能定義的概念。

我們很熟悉如何分辨愛情、奇幻、動作等類型。愛情故事就是在描寫兩個核心人物相遇後彼此相愛的「事件」。奇幻故事就是以其他世界（讀者判定非自身世界）為「背景」來發展的內容。動作故事指的就是在作品中動作（有很高機率是格鬥）「演出」占較高比重的作品。因此，如果有一個故事發生在這個世界以外的其他世界（背景），而且還是包含許多武打戲（演出）的愛情故事（事件），那麼自然可以稱之為奇幻動作愛情類型。**如果強制要求這類的作品只能從奇幻、愛情和動作中選一個來代表，那麼就跟你問別人「妳是女生，還是青少年，還是韓國人？」是一樣的。**實際上，有一部在 tvN 上播放的電視劇《九尾狐傳》（編劇：韓佑麗）就標榜自己是奇幻動作愛情片。

結論如下：如果你要定義自己的作品屬於哪種類型，必須先考慮你的目的。因為根據目的，答案可能會不一樣。「既

是女生，又是青少年，亦是韓國人」的 A，會根據不同的問題而有不同的回答。只不過要記住一點，無論你是回答「愛情」（適合用來跟身邊的人說），還是回答「奇幻」（適合用在招聘背景助理的時候說明作品），又或是回答「有奇幻背景的愛情」（適合濃縮成一句話對 PD 說明新企畫），甚至是回答「奇幻動作愛情」（加強行銷色彩），都不算錯誤答案。

「奇愛」（奇幻愛情） 是愛情故事嗎？

>>

奇愛就是奇愛。

　　最近在網路漫畫或者網路小說的領域中，最熱門的詞彙就是「奇愛」，也就是奇幻愛情的縮寫。指的是以「愛情」當作事件，「奇幻」作為背景的類型。那麼，奇幻愛情是指在奇幻世界中發生的愛情故事嗎？如果這麼想，就有些前後矛盾了。因為奇幻世界的愛情故事並沒有特別新奇之處。吸血鬼世界的愛情故事、妖精世界的愛情故事、架空王國世界的愛情故事……這些都是作家們在數百年來創作出來的故事。只要不是準確描寫發生在讀者所處現實世界的現代愛情作品，將其餘的作品全部都看作奇幻愛情故事也不為過。然而，為什麼奇幻愛情故事會突然受到大眾的矚目呢？

韓國的網路漫畫、網路小說中，所指的奇幻愛情（以下簡稱奇愛）與「奇幻世界的愛情故事」是完全不同的概念。**本文定義的奇愛是「作家參考中世紀或近代歐洲的社會體系後，重新創造出有身分制度君主集權制國家，描寫擁有現代思想的女性主角在當中實現自己野心的故事。」**[1]奇愛的主角最大的野心並非與男主角談戀愛。不過，「愛情」這一詞彙之所以依然是該分類的標籤，是因為在該類故事中，愛情故事被安排為副線情節。雖然主角要解決的最大問題並非愛情，但是在解決主要情節的問題時，愛情仍會作為分支同時進行，最終兩條線往往會合併成一條，解決主要情節的問題。在這種狀況下，為了從容地展開兩條線的情節，作品的分量，也就是連載的話次，必須多達某個程度才行。因為即使主角將要解決的最大問題暫時放在一旁，還是要充分確保兩個主角發展感情線的時間（事件）才行。奇愛的主要情節雖然不是愛情，但在讀者對奇愛的期待中，愛情還是占據了非常龐大的比例，是不容忽視的。因此，作家必須分出相當篇幅來安排愛情線的事件。這也是為什麼，大部分的奇愛作品都會比現代愛情作品還長上兩三倍的原因。

與此相比，在以愛情故事為主要情節的作品中，兩位主角最大的問題就是與對方的關係。即使有奇幻背景或是時事

---

1 在台灣的 LINE WEBTOON 平台上稱此類作品為「歐式宮廷」。

題材，也都是用來當作「兩個人之間的距離／關係的變數」罷了，並不會拿來當成主要情節。電視劇《來自星星的你》（編劇：朴智恩）的男主角是活了數百年的外星人。然而，該電視劇的核心問題不在於「地球上有外星人」、「我想回到自己的星球，但好難回去」等議題上；而是在「我是外星人，所以想和身為普通人類的女主角交往，有各式各樣的困難」。因為這部作品是奇幻「愛情」劇。

想像看看，以大企業辦公室為背景的愛情網路小說中，大企業家族的兒子──同時也是公司的執行董事──與平凡的祕書墜入愛河的故事。一定會有反派登場，生氣地發言：「你不過就是個祕書，竟然妄想踏進我們家的門！」不過，主角會對抗惡人的社會偏見及惡劣的態度，爽快地給予反擊。有看懂作家加入這種如喝汽水般、讓人涼爽暢快的內容是為了什麼嗎？難道是為了轉換讀者的社會意識？還是為了揭露現代社會階級的弊病？都不是。純粹只是在扮演愛情的障礙物。愛情故事主角踏上的旅程是收穫「愛情」的過程。除此之外，不管其中還具備什麼元素，都只是附加的。

奇愛的背景世界，在我們生活的世界中是不存在的，而且從未存在過。在有身分制度的極權君主國家中，登場人物換上一套又一套的華麗禮服，而且總是在舉辦舞會，但是完全沒有關於電力和自來水等社會基礎設施的設定。不過，這個類型卻反映了時代的樣貌。除了希望可以受到有能力的帥

哥青睞之外，女性還有其他許多欲望。奇幻愛情這類的作品，生動地詮釋了現代女性讀者的欲望。奇愛的背景完全禁不起考證，既不符合邏輯又不合理，但不正是因為身在「實際上未曾存在於人類歷史中」的假想世界這一安全環境當中，作家和讀者才能自由地懷抱期待、自由地擁有夢想嗎？

03
穿越故事也能算是
一種類型嗎？

>>

如果大眾覺得是一種類型，
那就是。

　　雖然「回歸[1]」的意思是回到自己原本待的地方，但是我們不會將主角離開故鄉後又重新返鄉的故事稱作「回歸物語」。網漫和網路小說的讀者講的穿越物語，是主角因為某起事件穿越到過去的自己身上而展開的故事類型。二〇一〇年代之後，只要是網路小說的讀者，想必對「附身」、「重生」之類的詞彙都不陌生。這指的是主角帶著前生的記憶附身到別人的身上，或是重生到一個新人物的身上。

　　還有其他比較傳統的「〇〇物語」。以學校為背景的校

1　韓文的原意。但套用在網路漫畫、小說等作品中時，經常是指「穿越」的概念。

園物語，以運動為主要題材的運動物語等。這裡的「○○物語」指的是故事類型，是來自於日文物語（ものがたり）的日式表達方式。那麼「○○物語」到底是不是一種類型？如果不是類型，該怎麼說比較好？

類型並非嚴格的標準，而是分類。所謂的分類，是在區分的時候需要的標準。因為可以選擇的內容太多了。舊世代的漫畫愛好者，如果在漫畫店窩上一整天，就能讀完那天新出的所有作品。但是這對現在的讀者來說，是不可能的任務。因為在各個不同的網路漫畫和小說平台上，連載中的作品達到上千個。

讀者為了將有限的金錢和時間效益發揮到最大，會選擇自己想看的故事來消費。為了降低失敗率，自然會替「我想看的故事」貼上準確的標籤。我們不能阻止讀者將該標籤稱作「類型」。

「你喜歡什麼樣的故事？」關於這類的問題，「愛情」或「奇幻」等回答太過廣泛。有些網路小說的讀者會用以下的方式回答：「我最近很喜歡惡女附身類型（現代主角附身到自己讀的小說中的惡女身上）。不過令人心情鬱悶的橋段（主角沒辦法活躍，一直吃鱉的橋段）如果太長就很討厭。而且男主角一定要是黑髮紅眼睛，位階至少是皇族。」「我只看獵人類型（背景與現代類似，但是到處都有地下城，而具有超能力的獵人在

其中表現活躍），不過一定要有不偽善的芒奇金人[2]（超乎想像的強悍角色）主角。我不喜歡設定嘮嘮叨叨、太過冗長的，如果出現擾民女主（被綁架而拖累主角的女主角），還不如走後宮路線（男主角同時與多名女性角色建立關係，並且受女性角色愛戴，關係維持良好）。」

受到許多讀者喜愛的設定會直接變成一種類型。從上述內容中可以整理出：「惡女附身類型」和「芒奇金獵人類型」。雖然在類型定義上，可能會有人提出異議，但就現代韓國的網路連載市場來說，這些內容確實被大眾當作一種類型。只不過，它們可能無法存在很久。會有其他新的故事設定出現來引領潮流，而讀者為了「挑選自己想看的故事」又會將那些設定貼上標籤來區分。不管那個名稱是「類型」還是「標籤」，對讀者來說，都不太重要。

2　源自《綠野仙蹤》中的小矮人角色。

04

寫不了色情畫面，
還能算是BL嗎？

色情畫面
不是必要的。

　　BL（Boy's Love）經常被誤以為是十九禁作品。因此往往導致想寫這類型作品（或是有考慮寫）的作家，陷入「我對十九禁沒有信心，這樣還能寫 BL 作品嗎？」的煩惱中。就算是十九禁，也分成好幾種類別。不曉得為什麼，社會上有一種將十九禁跟性愛劃上等號的傾向。與性愛相關的作品是將焦點放在魚水之歡上，所以比起整體的脈絡，更注重情慾的描寫。如果你想創作的是那類型的作品，只要朝那個方面發展即可。如果不是，就有必要思考看看，那是不是 BL十九禁的全部內容。

　　中國的 BL 武俠小說《魔道祖師》（作者：墨香銅臭）人氣

高到改編成電視劇《陳情令》。《陳情令》的主角獲得了世界級的人氣。《魔道祖師》的分類標籤為 # 十九禁 #BL # 武俠等。然而，製作成電視劇後，前面兩個標籤卻消失不見了。刪除十九禁相關的性愛場面，也沒有明顯刻畫兩位男主角的愛情（我認為製作團隊在現有的環境下盡全力製作了）。只將焦點放在武俠和懸疑上面。即使如此，人氣仍居高不下。

這給予我們很大的啟示。關於我們所認為的十九禁 BL 作品，雖然性愛的元素也很重要，但同樣重要的是故事線的描寫。因此，就算拿掉性愛元素，故事的發展也不會受到很大的影響。實際上，有很多十九禁的網漫作品在刪除性愛場景後，另外製成十五禁的版本同時連載。即使刪除了性愛場景，作品獲得的人氣也不低於十九禁的版本。就結論來說，十九禁作品分為兩種類型：第一種是直接呈現出性愛場景，所以從情節方面來看，去掉那些場景，故事就發展不下去。第二種是即使刪除性愛場景，故事還是能繼續發展下去。

如果你正在企畫十九禁的作品，但還在煩惱該如何做，我建議你可以先思考作品的方向。若是前者，就必須將焦點放在如何營造出煽情的情境；若是後者，就必須將焦點放在角色發生性愛場面之前，必須做哪些事情才能推動情節、完成故事敘事。即使情境一點也不煽情，根據地點的不同，還是充分能營造出煽情感。順帶一提，《語意錯誤》（作者：J.Soori）就是屬於後者。

「我沒辦法寫出很色的十九禁，是不是不要碰這個類型比較好？」在你這麼問之前，應該先了解看看身為作家的你，所認為的「色情」是什麼。有些作品光是兩個人站著，就能營造出性方面的緊張感。因此，你有必要檢視看看自己是不是將色情局限於性愛之中。作家正瑞的《隱形的同居者》既不是十九禁，也沒有出現一般人認為的色情場景，但卻充滿了性方面的緊張感。可以看看作家是如何透過危險的登場人物來呈現出那種效果的。

　　另外，有些人說色情場景不能集中在後半部。（以連載作品為例）聽到這種建議後，大部分的作家會想盡辦法將色情場景塞到前半部去。雖然我不建議大家一定要那麼做，但你們腦中應該已經在企畫了，所以以下提出一些小小的訣竅：（純粹以技巧層面來說）可以讓主角做夢，或是插入過去的場景，又或是加入配角的十九禁場景。最近也有很多在後半部才出現色情場景的作品。如果不需要，就不用刻意添加。

05
GL
沒有市場嗎？

>>

怎麼會？
完全沒有那回事！

　　GL（Girl's Love）是指女性角色之間的愛情故事。之前都被稱作「百合」，但最近有以 GL 來代稱的趨勢。雖然 GL 的市場確實比 BL 還要小，但是賣得好的 GL，還是賣得很好。許多作家都說：如果用山珍海味來形容網路漫畫和小說，那麼一碗白飯就是愛情故事的市場，從碗中挖出一湯匙就是 BL 市場，而黏在邊邊的飯粒就是 GL 市場。就算這樣，也不用洩氣。因為網漫的市場變大了。既然餐桌變大了，我認為現在 GL 的飯粒大小，應該有以前的一湯匙那麼大了。

　　在韓國 GL 的讀者大多是女性。而在穩固的讀者群中，女同志讀者又占了很高的比例。有些人覺得，女同志讀者

群和喜歡女性敘事的讀者群，關注的內容是一樣的。喜歡同性的女性視為理想型的女性，和喜歡女性敘事的讀者所期待的女性主角，並非完全一致的。後者更看重的是「我該如何行動」，前者關注的則是「我愛的是誰」。愛情和成長故事雖然並存，但是以哪個為主，卻會衍生出完全不一樣的故事。因此，與其說 GL 是很難賣的類型，不如說是很難處理的類型。只要清楚自己為什麼要創作 GL、清楚自己預設的讀者群是誰，GL 依舊是非常值得挑戰的類型。

以下想推薦幾個作品。在致命的 GL 市場中獨自搞笑的成人愛情喜劇網漫《請開發我吧》（作者：Jeong Sira/ 擇日（暫譯））、充滿抒情氛圍，而且有許多沉浸於愛河中的優雅姊姊們的網路小說《春風》（作者：暗房裡的軟木厚底鞋（暫譯））以及在 GL 奇幻愛情類中具劃時代意義的網路小說《SOL: 你不認識我的時間》（作者：Jeong Minsik）。

06

現代愛情故事
不是都差不多嗎？

>>

只要記住兩個關鍵：
設定和女主！

　　現代愛情的標籤通常都是用在網路小說上。因為網漫是按照主要讀者群的年齡來標記，例如校園愛情、校園類型等；而網路小說則是以「愛情故事」發生的背景來分類。現代愛情是非常大眾的類型。不僅是網路小說和漫畫，在電視劇和電影等各種媒體中也享有高人氣，所以經常會有作品改編。於是，關於這類題材就出現了「很老套」的偏見。每個類型的公式都不同，我不能說那種聲音是錯的，但是變化的確很重要。

　　現代愛情故事看起來都差不多，那麼作品的人氣究竟是取決於什麼呢？只要記住兩個關鍵：設定跟女主！

設定 是要向誰報仇？

現代愛情故事的設定核心可以整理成「是要向誰報仇？」。穿越題材，是奇幻愛情網路小說經常使用的設定。後來穿越題材人氣高漲，所以現代愛情也開始套用進去。

一般來說，在奇幻愛情類的故事中，主角都是為了報復讓自己枉死、害家族慘遭滅門的惡女才穿越的。不過，在現代愛情故事中，報復對象不僅限於惡女。如果是這類故事的愛好者，馬上就會發現故事中一定會有一個前夫的角色。《和我老公結婚吧》（作者：sungsojak）以及《完美的結婚公式》（作者：Yibambe）就是最具代表性的穿越現代愛情故事。結婚後，發現老公和朋友外遇；結婚前，發現老公愛上同父異母的妹妹等各種前夫的劣跡以及劣行不遑多讓的婆家，都是主角的報復對象。

如果不是穿越題材呢？現代愛情基本上談的是成長獨立的故事。重點在於女性角色如何獨立，其中一個關鍵就是「原生家庭」。原生家庭沒能扮演好保護及照顧的角色，所以作者必須脫離。例如：只寄望主角賺錢養家的家庭、與繼母再婚後棄主角不顧的爸爸等。因此，現代愛情故事一開始的內容重點在於「要向誰復仇？」。

女主 什麼樣的女主才有魅力？

　　人們經常有個誤解，那就是以為在愛情故事中，男主角，也就是男主最為重要。確實很重要。但是，有個比男主更重要的角色，就是女主（女主角）。很多人都說現代愛情故事是灰姑娘的故事，對吧？各位知道渾身是灰的灰姑娘，其實是貴族的女兒嗎？讀者並不想看女主從最底層往上爬的故事。他們希望主角是有背景的。例如：主角因為養女身分備受欺凌，結果卻是親生女兒。不過，光是有背景不夠，還得有能力。在這裡說的有能力，不是指女主角一定要設定得很強大。雖然很有能力，看起來很強大也好，但是一定要有弱點，像是只有在家人面前才會表現出脆弱的一面這類的。必須這樣，男主才有靠近的機會。

07

奇幻類型
比SF類型還簡單吧？

如果這麼想，
你可能會吃大虧。

SF 是「Science Fiction」的縮寫，直譯的話就是科學小說[1]。因此，有些人誤以為 SF 小說必須嚴格地以科學知識為創作基礎，或是背景一定要設定在未來，甚至還覺得必須出現宇宙，才稱得上是 SF 小說。其實，SF 小說最重要的特徵是「有可能性的敘事」。SF 世界是以讀者熟悉的現實世界為基礎而變形出來的產物。讀者認為這個世界「是可能存在的」，也就是說將其當做有可能性的領域。因為他們在閱讀的時候，已經假定故事內容可能是現實世界的延續。

---

1 英文直譯是「科學小說」，但在中文含義上，科學小說和科幻小說並不相同。作者說明的概念其實是「科學奇幻小說」多簡稱為「科幻小說」。

　　奇幻是「不可能的敘事」。它在某種程度上違背了部分現實和常識，而讀者在閱讀時，也是充分熟知這一點的。不管發生什麼事，作家都不需要按照「我們世界的倫理」來說明。

　　奇幻世界觀的核心在於，要能像描述現實世界那樣，有一致性且明確地闡述，由於那在讀者所處的現實中，是不可能存在的世界，所以，在那個世界裡的合理性和一致性，相當重要。

　　舉例來說，SF 和奇幻故事中，都出現了「人可以直接飛上空中」的事件。如果是 SF，就會從現實延續的層面下手尋找可能性。也就是說，開發出能減弱部分地球重力的方法，或是把人類的精神能量轉換成物理能量的技術裝進晶片，移植到肉體上。

　　如果是奇幻，就不需要這類的說明。只不過，在它自己的世界中，邏輯架構要足夠清晰。例如：在這個世界中，有個種族能直接飛上空中，或是發明了能飛上空中的魔法等設定。而且這些設定，在作品裡必須具有一致性。

　　假設故事中設定的前提是「飛上天空的魔法普及全國各地」，那麼在這樣的世界中，如果有配角看見高掛樹上的氣球，卻手足無措、不知該怎麼辦，這個世界的秩序就會因而出現裂痕。

總結來說，寫奇幻故事的作家要能分毫不差、完美地掌控自己筆下的異世界——不需要用自己世界的常識和倫理來說明，而且作品中的所有事件，都必須建立在那個世界的秩序上。可以說是一種自由度很高，但責任也很重的類型。

怕受到影響，
不看同樣類型的作品。

這是個輕率的選擇。

　　有些作家覺得閱讀其他相同類型的作品，會太容易受到影響，所以乾脆不要讀。同時，也聽到有些作家在煩惱：「不曉得是不是因為這類型的作品讀了太多，腦中總是會想到和既有作品類似的情節，工作進度一直推不動。」真的是這樣嗎？

　　羅伯特・麥基（Robert McKee）在《故事的解剖：跟好萊塢編劇教父學習說故事的技藝，打造獨一無二的內容、結構與風格！》（*STORY：Substance, Structure, Style and the Principles of Screenwriting*）中提到：「若想預測讀者所預測的內容，就必須精通自己的類型和該類型的規則。」這句話的意思是不

要避開不讀，而是遇到就要讀，將該類型的規則通盤掌握，這樣才有可能製造出變化。從這個脈絡來看，腦中之所以會浮現與既有作品相似的情節，**或許不是因為你讀太多，而是因為你讀得還不夠多，尚未累積足夠的資料才會那樣。**

　　嬰兒出生後，初次看見動物時，狗和貓咪，在他眼裡看起來應該都差不多。因為兩者都有長毛，而且都是四隻腳。不過，等嬰兒逐漸成長，對世界愈來愈了解後，就會明白兩種動物之間的差異。這不是隨著年齡增長而白白得到的經驗。是因為他直接或間接接觸過很多狗和貓咪，這才知道所有的個體「都不一樣」。那時他才會注意到「我們家貓咪」與眾不同的睡姿，還有「奶奶家的小狗」奇特的尾巴模樣，並且感受到，牠們在這世界上都是獨一無二的珍貴存在。

　　關於作品類型，我們經常會聽到以下這類發言：「愛情故事？不都是貧窮的女人遇到有錢男人後，一番推推拉拉，最終結婚改變命運的故事嗎？每一個內容都一模一樣。」、「武俠？不就是得到祕笈後突然變強，最後幫師父報仇血恨的故事嗎？講得都差不多啊！」這種狀況就像前述我們談到狗和貓咪的差異，會如此出言攻擊的人，大部分都沒有廣泛閱讀該類型的作品。因為他們讀得不多，所以才看不出不同故事中的差異。當自己喜歡的類型遭受攻擊時，我們都又怒又氣。想必很多作家會大聲反駁：「才不是那樣，你不了解這個類型才會那樣說！」

但這些作家實際面對自己的企畫時，卻經常不是站在防守方，而是站在攻擊方。「這是什麼啊？不就是很常見的愛情故事嗎？」、「這樣寫，感覺就跟平凡的武俠故事沒什麼差別。」朝自己丟出的球，最終導出一個結論：「與其創作這樣的作品，還不如不要做！」結果自己剝奪了能累積經驗的機會。已經下定決心要創作哪一個類型的故事，卻決意要編寫出「完全不像那個類型」的情節，這不是自相矛盾嗎？還有人為了不受其他作家影響，表明自己完全不會閱讀其他作家的作品，這種決心讓人覺得很輕率，甚至還有些傲慢。你如果不閱讀，怎麼了解那個類型？請多讀一點吧。一直讀到你能看出每個故事不同的美妙之處為止。

最後，你有必要對自己的作品寬容一些。這不容易。即使是對「最近的孩子們」很寬容的人，也總是會希望自己的孩子和平凡的「最近的孩子們」不一樣。因此，即使你的作品看起來像毫無特色的平凡小孩，還是帶著愛意再多栽培看看吧。你不好奇才剛發芽的這個情節，會開出什麼樣的花朵嗎？

在寫主角的角色資訊時，你會發現那就是故事的大綱。不禁反覆咀嚼羅伯特・麥基（Robert McKee）說過的話：「情節就是角色，角色就是情節。」故事就是主角解開自身問題、實現自己欲望的旅程，所以主角自然是核心。我們創作的網路漫畫和小說是強調視覺效果的大眾敘事，角色的力量很強大，所以會在角色設定上，下更多的工夫。

與此同時，我們又經常想在主角身上做一些嶄新的嘗試。主角一定要有欲望嗎？主角一定要主動採取行動嗎？主角一定要善良嗎？我的主角，這樣可以嗎？

PART **4**

角色 篇

我的主角，
這樣也可以嗎？

企畫中

好喜歡我的角色……

呵呵

正在寫摘要

我的角色……
為什麼會變成這樣……

他缺乏什麼？

有魅力嗎？

從第2幕
後半部開始？

台詞好嗎？

完稿中

到底是主角還是
仇家……QQ

喂！來呀！

來看看你的主角是
怎麼樣的吧？

01

沒有欲望的主角，
這樣的設定可以嗎？

>>

他只是
還沒有體會罷了。

　　如同主角不一定要積極主動那般，故事也可以從主角還
不明白自己想要什麼的狀態下開始。前提是，你需要先整理
出主角的欲望（他期盼什麼）。如果是顯現在外的，就是「外
顯欲望」；如果是藏在心裡的，就是「內在欲望」。

　　講到主角，讀者往往會最先想到「我要成為航海王！」
這種直接喊出自己欲望的人物。這類型的人物從故事一開始
就將自己的欲望表達出來，並且在後續故事中為了達成目標
而接下許多任務。或是有些故事會同時將任務和禁忌告知給
曾說過「我希望能有很多錢」的主角。如果稍微轉換調性，
還有愛情故事的開頭是：「我要賺錢扶養家庭，但那個男人

可能會讓我無法實現欲望。」這種作品的主角都很清楚自己內在的欲望，還把欲望表現出來，因此故事的開頭就會將他們的欲望全部表現出來。

現在來談談，尚未體會自己欲望的主角。他現在大概缺乏愛，身邊沒有任何可以幫助自己的人，而且還被過去發生的事情困住，飽受罪惡感的折磨，所以總是想躲起來。不曉得自己欲望的角色當上主角時，大多沒辦法在故事的開頭帶動事件發展。不過，這時會有其他能更活躍且能影響主角的的角色出現，開始接近主角。在這個部分，故事的開頭是由非主角的其他人物按照他喜歡的方式來引導主角。因此，就算主角處在不清楚自己欲望的狀態下，故事發展還是能維持緊張感。

這時，有一個關鍵絕對不能漏掉。那就是即使主角說自己不知道，作家還是要非常清楚主角想要什麼，也就是主角的內在欲望是什麼。「主角缺乏愛」、「主角面對愛自己、幫助自己的人會變得很脆弱」、「主角想擺脫罪惡感」。作家愈了解主角的內在欲望，就愈能看見主角該如何面對靠近自己的角色。因為隨著那個角色和主角之間的關係產生變化，主角也會逐漸開始改變，最終將自己的外在欲望表現出來。從那時起，主角就可以採取行動。

另外，當主角表露自己外在的欲望時，讀者就算沒對主

角的行動產生共鳴，至少也要能理解才行。為此，在主角表露外在欲望之前，多少要闡述主角的內在欲望還有與之相關的過去，說明主角是個什麼樣的人。在不理解主角的狀況下，讀者很難支持他的外在欲望。

以下用三幕劇的方式來聯想看看。三幕劇的架構會從主角的欲望出發。

❶ 主角想要什麼？
❷ 主角為什麼想要那個？
❸ 主角在情緒上、心理上為什麼需要那個？

「主角想要什麼？」這是故事的目的，也是推動情節進展的動力。只要在第二幕的中間，想想主角要做什麼就可以了。「主角為什麼想要那個？」這是主角在表意識的動機。在表意識，主角知道自己為什麼想要那個東西。「主角在情緒上、心理上為什麼需要那個？」這是主角潛意識中的動機。換句話說，這裡呈現出來的就是主角沒能覺察到的欲望。

讓許多作家和立志成為作家的人感到煩惱的「沒有欲望的主角」，大多沒有上述第一個問題問的外在的欲望。不過，你再仔細看看。主角在潛意識中的欲望，是連結作品開始與結尾的鑰匙。因此，對你的主角提問吧。

1. 主角想要什麼？

▼

「我要在這次的鬥毆大賽中
拿下第一名！」

在三幕劇架構的中間部分，
主角一定會獲得第一，
或是取得接近第一的名次。

2. 主角爲什麼想要那個？

▼

「我想在暗戀的人面前展現
帥氣的樣子！」

在第一幕中會呈現出主角為
什麼想那麼做，以及他暗戀
別人的模樣。

3. 主角在情緒上、心理上爲什麼需要那個？

▼

「我想從別人身上得到愛。唯
有我暗戀的對象能夠理解我。」

在第一幕中，會呈現出主角不
自覺感到寂寞的模樣。其他比
「主角為什麼會變寂寞」、「為
什麼會愛上那個人」更深入的
內容，會在第二幕的後半部或
第三幕的前半部登場。

02

我的主角是消極派的，
該怎麼採取行動？

>>

認為消極派的主角很消極，
其實是誤會。

　　在敘事學中大多不使用主角一詞，而是用主動人物（pro-tagonist）。也就是指能自己採取行動，主導故事核心脈絡的人物。提到這個概念，很自然就會聯想到很主動又積極的行動派角色。以及行動比想法還快，喜歡站出來做事的熱血角色；或是發揮強烈的領導魅力，帶領周遭人物一起行動的角色。

　　不過，在最近的作品中，可以看到很多不屬於上述任何一種的，所謂消極派的主角。他們對於生活沒什麼特別的目的，對於世上的事情也沒有想積極參與的意願。此外，有些角色還討厭別人的干涉，只沉浸在自己的世界中。當作家感

受到消極派角色的魅力，採用該類型的角色作為主角時，常會從主角應該要有所行動的第一幕後半部開始陷入混亂。如果該角色自己站到世界的中心，就會違背「消極」這個重要的設定，出現「人設崩壞」（人物設定崩壞）的狀況。但如果就那樣放任主角處於消極的狀態，故事便無法繼續下去。該怎麼做才好？

首先，我提出一點讓各位思考看看。請試著回想一個你過去在作品中看過的消極派主角。想必他一定是在第一幕的後半部快速轉變姿態，從第二幕開始就不再消極了。這就是正確答案。主角原本將自己關在房間裡，但第一幕出現了殭屍，於是他為了生存只好開始逃命。譏笑萬事的主角，在第一幕失去珍愛之人後，一心想著要復仇。原本膽小又被動的主角在第一幕被怪朋友捲入事件，展開一場意想不到的冒險。

也就是說，主角消極的樣子只會出現在第一幕的開頭。**消極只是角色的設定，實際上故事是由「原本消極又被動，但經歷種種事件後產生變化的主角」來進行的**。也可能是「本質依然消極又被動，但因為各種事情，最終超越平日自我的主角」。

然而，如同前面所述，若從標榜消極的角色身上去掉消極的屬性，確實會有「人設崩壞」的危險。因此，從第

二幕開始經常會出現以下台詞：「那傢伙本來跟這種混亂的場面一點都不搭啊……」、「呼呼，真沒想到這輩子能看見那孩子活出那種樣子……」、「我只想早日看見他重新回到以往那種懶惰、遊手好閒的樣子。」、「嗯，真好奇，讓那種超級懶惰蟲改頭換面的某某，是什麼樣的人。」或是主角自己也可能在心中感嘆：「我怎麼會捲入這種麻煩的事情中……」、「我下定決心了，這件事了結後，就要重新關回房間，半年都不出來。」

這時候不能搞混。**這些台詞都是煙霧彈，為的是掩蓋消極派主角其實完全不處於消極狀態**。周遭的角色會給予這種回饋，本身就已經代表主角變得相當活躍，絲毫不遜色於熱血派主角。別被台詞、表演、角色設計等騙過去了，請看看「行動」。不要看「設定」，而是要看「事件」。不管你創作的主角是多麼懶的超級懶惰蟲，只要他在第二幕開始行動就不會有問題。雖然他總是一臉睡意惺忪，眼睛只睜一半，每句話的語尾都在打哈欠，一逮到機會就抱怨個不停，但只要他能解決事件，在比賽中獲得分數，跟暗戀對象提出約會邀請就足夠了。只要像主動人物那樣完成事情就可以了。

如果你還是覺得，自己的主角連這樣小小的勇氣都沒有，那麼我可以告訴你兩件事。第一、故事正是從膽小鬼鼓起勇氣的瞬間開始的。這並非「人設崩壞」，而是「覺醒」。第二、如果你認為他不管發生什麼事情都絕對不會採取行

動，那麼就不能將他當作主角。請找找其他人物吧。這樣才方便作家推展故事前進。

竟然因為不積極而被奪走主角的位置！你可能會憤慨地表示，內向的人要在這個世界生存本來就很困難了，竟然在故事中也當不成主角，實在太過分了。以下我要提的內容，不曉得能不能安慰到你，其實不管是哪一個漫畫，都很少看見主角在角色人氣排名中占據第一位。消極派的角色身上有股潛力，能夠成為發光的配角，比主角人氣更旺。那些角色常說的台詞如下：「雖然很煩……但既然你都說到這個份上了，沒辦法，我就幫幫你吧！」（這種台詞講太多就會變成「傲嬌」）「是怎麼回事？我只要看著他（主角）就會生氣……為什麼要那麼努力？」（這是一種自我預言，代表自己最後也會開始努力做些什麼）「我只會幫你一次，以後不會再管了。」（真的是最後一次嗎？）

我聽到有人在抱怨：「那些角色最後不還是做了些什麼嗎？」沒錯。不管是主角還是配角，真的「什麼事情都不做的角色」，無論在哪一個作品，無論角色或大或小，他都無法存在。包含希德·菲爾德（Syd Field）在內的許多學者皆指出「故事就是角色」、「行動就是人物」，亦是出於同樣的理由。**如果沒有行動，就沒有角色特質。**

有人主張，消極派的主角才是代言現代讀者的新基準。

某種程度上，我也認同這樣的看法。不過，現代的讀者想在大眾敘事中看到的，會是「像我一樣消極的主角，就那樣被動地消磨時間的模樣」嗎？實際上，讀者期待的應該是那些角色也有隱藏的能力，而且等機會來臨時，他們就會好好發揮自己。

○ ○ ○ ○ ○ ○ ○ ○ ○ ○ ○ ○ ○ ○

筆記

出現消極派主角的作品

以動畫《冰菓》原作聞名、米澤穗信的小說《古籍研究社》中的主角折木奉太郎，將「不做也沒關係的事就不去做，如果是該做的事，就簡單地做」當成自己的座右銘，視「節省能量」為自己的生活哲學，對每件事情都興趣缺缺。不過，實際上，他真正的行為……與此完全不符。當同個社團的成員千反田愛瑠在日常小事中發現疑點，並開口說：「我很好奇！」折木奉太郎就會苦思個好幾天，拆解謎團後解釋給社團成員聽。這就是這部作品的基本模式。也就是說，折木處於消極狀態的橋段，僅限於第一集開頭遇到千反田之前的時候。雖然隨時會出現「我本來不是這種人」、

「像你這種節省能量主義者，怎麼會？」等台詞，一再強調折木消極的特質，但是角色只要採取行動，就會相當積極地參與事件，看起來跟其他主角沒什麼兩樣。《古籍研究社》的類型是日常推理，主角扮演的是偵探的角色，所以當然不可能維持消極的狀態。

網漫《Sweet Home》（作者：金坎比／黃英璨）的主角車賢秀是一名繭居族。他一直將自己關在房間裡，當家人意外身亡後，他甚至還定下自殺的日子，徹底喪失生活下去的動力。雖然世界上看似沒有事情能驅動他，但當跟他住在同一個公寓的鄰居接二連三地變成怪物後，他終於開始採取行動。

《Sweet Home》總共有一百四十話，車賢秀為了陌生人走出家門，高聲吶喊來引開怪物注意力的場景，出現在第五話；而他為了拯救一對年幼的姐弟，把自己的電腦螢幕丟出去的場景出現在第十三話。電腦對繭居族車賢秀來說，意味著全世界，因此這樣的故事發展別具深意。總結來看，在一百四十話當中，車賢秀只有最前面的幾話是處於真的很消極的狀態。

03

讀者說絲毫不好奇
主角後來的際遇。

可能會有兩種原因，
那就是⋯⋯

作家在創作時，投入最多心力的其中一個領域就是主角
（角色）構想。然而，有些故事的主角，卻完全無法引起好奇
心。這是搞砸了嗎？在你決定是否要直接放棄作品時，有必
要先確認看看，你的主角是屬於哪一種類型的。

❶ 主角是很難獲得支持的人物
❷ 主角看起來總是會贏的時候

讀者會將自己的感情帶入主角，很自然就會支持主
角。也就是跟主角站在同一個立場。因此，如果是難以獲
得讀者認同的人物，很可能是因為作家將角色設定為「非

好感型」。不過，有種主角卻完美地打破這樣的定律。這種角色野心很大，表面上看起來確實需要改邪歸正，但是他的角色歷程卻有兩個特色：第一、藉由別出心裁的惡行持續往上爬的階段；第二、因為過去的惡行遭到報復而往下跌落的階段。

關鍵在於，作家如何讓讀者支持非好感型的主角。比較重要的是主角藉由別出心裁的惡行持續上升的階段。主角如果只是單純非好感型的人物，並不能引起讀者對後續發展的好奇心。但若是「別出心裁」的惡行，狀況就不一樣了。這能讓非好感型人物具備的優點——「為了實現我的野心，不管什麼事我都會做」——發出光采。若是好感型人物，可能會因為「我沒辦法為了達成目傷害別人」而選擇作罷；但同樣的情節，非好感型人物卻會想盡辦法做到。

《假面女郎》（作者：Memi ／稀世）的主角貌美是個臉蛋醜陋，卻擁有魔鬼身材的人物。她嫉妒周遭的人，妄想得到帥氣的有婦之夫，而且希望得到其他人的關注。平凡或好感型人物不會做的事情，她做得到。她在個人直播中戴著面具展露身材，喝酒時幻想能與帥氣的男人談戀愛。這些行為能讓我們支持貌美嗎？

大部分人都無法。即使她別出心裁的惡行使故事變得有趣，讀者還是很難支持她。貌美將社會對女性外貌施加的

壓力，以及大眾外貌至上的思想內化了。她既是加害者，亦是受害者，是一個具備雙重面向的角色。貌美後來為了保護自己而殺害了公司同事兼跟蹤狂的朱伍南，並且做了全身整形手術，開始度過第二個人生。她原以為只要變漂亮，問題就會解決，卻沒想到又有其他的暴力在等待她。因此，貌美再次殺人，被關進監獄，並且為了保護女兒而逃獄。光看開頭的故事，很難支持貌美。但後來讀者之所以還是能帶入感情到貌美的身上，是因為她生活的世界相當無情，而且其他角色的加害者形象都比貌美更加鮮明。這個世界的善惡並不分明，所以讀者不會因為貌美看起來像加害者就不再支持她。因此，在故事進展的過程中，貌美為了在這個世界活下去而做出的選擇，讀者也一起跟進。

非好感型主角誕生在無法獲得支持的世界

　　如果你創作的主角是讀者難以支持的非好感型角色，那麼，你的動機必須來自於對社會的批判。在故事中的背景世界，必須設定成一個完全無法讓人理解、無法讓人支持的世界，一個逼迫主角成為非好感型角色的世界。如此一來，讀者才有辦法對主角產生共鳴，支持主角的行動。為了使讀者支持非好感型的主角，作家得呈現出主角既是受害者，亦是加害者的視角，同時還要呈現出世界的無情。

非好感型主角的「定罪敘事」

　　並非所有非好感型角色都是按照這個邏輯創作的。《奇奇怪怪》（作者：吳城垈）中的短篇＜整容液＞和《盜臉人生》（作者：JIHO／HOTTI）中的短篇＜崔寶潤＞，另外在《自動販賣鬼》（作者：尹）以及《怪奇商行》（作者：Bom Sohee／金善希）中也出現了定罪敘事，描寫持續做出壞選擇、表露自身欲望的人物。在這些作品中，主角希望能由其他人來替主角定罪。定罪敘事也經常出現於神話或傳說之中。惡魔會對主角提出可以實現欲望的契約或是魔法道具。然後，一定會有不能觸犯的禁忌。因此，主角看起來雖然輕易地實現了欲望，但終究還是違反禁忌（違反絕對不能回頭看的禁忌）。希臘羅馬神話的奧菲斯和尤麗狄絲的故事，就是關於違反禁忌的人物遭到定罪的故事。

　　《奇奇怪怪》、《盜臉人生》、《自動販賣鬼》、《怪奇商行》等的架構也是如此。不過這些作品與奧菲斯的不同之處在於，非好感型角色大多是無法克服自己的欲望，最終由自己來承擔後果。也就是將殘酷又刺激的定罪敘事套用在主角身上。這些網漫有一個共通點：它們都是由短篇集合成的選集。長篇的內容必須呈現主角成長的歷程，所以不適合用定罪敘事。因此，這類型的作品大多很短，並且都是以魔法道具為中心串連起來的人物故事。

秋乃茉莉的《恐怖寵物店》也是以定罪敘事為中心編撰而成。這些作品與《假面女郎》的差別在於，故事中遭到定罪的角色，都是為了呈現魔法道具的禁忌。換句話說，主導整個故事發展的角色另有其人。

讀者不想支持的人物並非主角。讓這些非好感型的人物當短篇故事的主角就好；然後，趕快把主要情節的主角帶過來吧。

接下來談談，主角看起來總是會贏的狀況。這經常會出現在動作類型的作品中。對讀者來說，主角認識朋友、獲得勝利的過程相當痛快。一直到主角為了完成任務而擊敗其他人的第二個階段也很有趣。但奇怪的是，從那之後總覺得某些地方有點沒勁。對作家來說，主角獲勝的場景似乎出現太多次，有些混亂，而且故事發展也顯而易見。這時該怎麼辦？

一樣有兩個方法可以使用。第一、增設敵人的組織；第二、設計讓角色進退兩難的局面。主角如果一直贏，作家常常會想：「是不是敵人太弱了？」然後又找來更強的敵人。但是不能將那些毫無關聯的人同時帶過來。舉例來說：轉學生主角打敗小混混 A 之後，小混混 A 說自己其實排名第二，真正的老大是 B。等主角打敗小混混 B 之後，小混混 B 又把自己的前輩小混混 C 找來……這樣安排不太好吧？不過這麼

做的人，出乎意料地多。雖然這的確是一個能讓連載繼續下去的方法。

敵人的組織並非群集

以下想告訴各位，能往下一個階段發展的方法。小混混 ABC 可以被看成一個組織嗎？很困難。這群人只是一個單純的群集。敵人的組織必須要有目標。如果 ABC 的目標是奪回這個地區，成為首爾地區高中生的頭頭呢？那麼 ABC 會想要繼續跟主角打架嗎？並不會。為了自己的目標，他們反而會想讓主角變成自己的棋子。成為全體的頭頭有什麼好處？能賺錢嗎？那錢是誰給的？接下來就能推測中小混混 ABC 只是整個組織的下層階級，他們上面還有其他組織。那個組織唆使高中生打架的原因是什麼？雖然這裡舉的例子是校園類型的作品，但即使不是校園類型，結論也大同小異。敵人的組織設定需要這樣的條件。

總結來說，首先敵人的組織並非單純的群集。也就是說，必須替他們建立共同的目標。再來，敵人的組織後面還有另一個真正敵人的組織。真正敵人的目標和假敵人的目標愈矛盾愈好。因為假敵人會站到主角這邊。這種設定總是能贏得讀者熱烈的反應。

主角放棄勝利的原因：進退兩難的局面

並非將敵人塑造得很強大，主角看起來就不一定會贏。必須製造出某個東西，讓主角在即使能獲得勝利的狀況下，還是不得不選擇放棄。那就是讓主角進退兩難的局面。假設，主角一直以來，都為了完成暗殺總統的任務而行動。我們可以想到其他為了能成功暗殺總統而設計的支線任務，以及各式各樣的敵人和同伴。所有的事件都與暗殺總統這個主要情節有關。如果是主角，自然有辦法殺掉總統。不過，真正讓主角擔心的，並非出現更強大的敵人；而是「我如果殺掉總統，某某就會陷入危險。」某某是什麼？通常是同伴、家人或情人。與這些角色相關的敘事，要放在哪裡？他們是支線情節。木訥的主角慢慢對同伴敞開心房、解開過去與家人之間的誤會並跟家人和解、原本是植物人的情人睜開了眼睛等，必須先鋪陳這類的支線情節。如此一來，讀者才能夠理解，即使成功就在眼前，主角還是有可能放棄。就像這樣，讓主角兩難的局面已經告訴讀者，主角總有一天可能會因此被絆住。這也是一種不讓故事的結局顯而易見的方法。

故事的世界是作家創造的。就算是主角，也不一定都得是好感型人物。只不過，要由作家來選擇並操作。如果作家立意明確，而且也充分發揮了能力，那麼，即使是非好感型的人物，還是有可能成為有魅力的角色。

如何安全塑造會改變的非好感角色

以下會提到幾個塑造角色的方法，能幫助你成功地塑造出「一開始雖然很難被說服，但後來會產生變化的非好感角色」。這是能讓所有讀者安心的方法。首先，借配角之口強調該人物現正犯錯。像是運用「他原本不是這樣的人」，或是「他那樣生活，之後一定會後悔」這類的台詞作為伏筆。讀者最擔心的就是：「作家是否在擁護不該擁護的角色？在這個作品的世界中，那樣的角色是正常的嗎？」如果暗示讀者，這個角色現在雖然犯了錯，但之後一定會有所改變，便能稍微減輕讀者的擔憂。

也可以事先暗示角色改變的方向。例如：那個人物確實很壞，但是在某個場景中又出現轉變的可能性。或是暗示讀者那個人物並不是徹頭徹尾的壞蛋，他身上有改變的潛力。只不過，這麼做，作家可能會被批評是在擁護壞人，所以必須要慎重。最後，還有個方法能幫助你激發讀者的好奇心，讓他們即使面對非好感型的人物，依然很好奇該人物之後的選擇。快速將壞人推入獨特的

設定中，然後給他難以預測的選擇題，讓讀者好奇最後的結果而繼續看下去。讀者雖然嘴上在罵主角，實際上卻難以壓抑想要讀下一話的欲望，始終沒辦法放棄不讀。

04

讀者說
我的角色很典型！

>>

冷靜冷靜，
這不是在罵你。

　　作家們有將「典型」視為負面評價的傾向。相反地，聽到「很創新」、「有獨創性」的評語，就會安心下來，覺得自己創作了很棒的角色。如果事實真是如此，那麼賣得很好的作品中，應該會有許多創新的角色才對；然而卻不是那樣。在人氣作品中，主角大多是很單純但充滿正義感；很冷酷但內心溫暖；很膽小但該行動時還是會行動的人物。沒有哪一個是創新的設定。

　　所謂創新，是很新穎的意思，也就是說以前不常出現。更進一步來說，以前之所以不常出現一定都是有理由的。大多是因為讀者很難代入，或是很難獲得好感。「雖然卑鄙又

殘忍，卻很老實地經營社福團體的老人」，用這種角色當主角或許很新穎，卻很難讓讀者產生好感或是給予支持。讀者很難代入，所以要讓他們好奇後續的發展也相當不容易。相反地，典型角色對讀者來說，很有親切感。「團隊的領袖平常雖然活潑又頑皮，但在危機狀況中卻會認真起來好好發揮實力」，讀者一看到就明白這是什麼類型的角色，容易理解自然也就容易代入。

我的意思並非要作家只創作讀者熟悉的角色。特質很重要。只不過，如果以創新為目的，替角色設定了許多陌生的要素，很有可能不受讀者歡迎。

電視劇《祕密花園》（編劇：金銀淑）中的男主角金朱沅是富二代。在韓國的電視劇中，這種角色的個性大多很糟糕。金朱沅也具備典型的角色設定，表現出既自私又驕傲的模樣。讓他別具特色的要素，是他在日常生活中表現出來的「小氣」形象。比起他的財力或是行動，觀眾更喜歡看他穿著花稍的運動服，長篇大論講出一番讓人覺得丟臉的言論：「這個是在義大利四十年來都埋首製作衣服的裁縫師，一針一線縫製而成的。」結果，在當時，金朱沅這個角色被評價為有獨創性的富二代。

作家為了發揮獨創性，很有可能推翻富二代角色所有典型的要素。例如設計出一個既謙遜又懂得體貼他人，外貌很

平凡且沒有自信的人物。雖然這個嘗試滿有意義的；但從商業層面來看，會是一條很艱辛的道路。

　　愈是喜歡創作故事，而且認真投入創作的作家，愈重視創新。不過，我希望你們不要因此將典型特質當作災難。創作角色時，兩種要素都需要。因為讀者腦中已經熟悉典型特質，才能在沒有額外說明的狀況下，接受各位創作的角色；而且你只要添加一點小小的變化，他們就會覺得很創新。典型特質是方便作家完成角色設定的同伴。

05

設定主角的弱點
好難

首先回到主題來看看吧！

　　主角的弱點是威力很強的作弊碼（cheat key）[1]，是一種能幫助讀者對（在某領域表現優異的）主角帶入情感的設計，同時也是在第三幕高潮要呈現主角的成長時，能充分發揮功能的設定。弱點的功能愈重要，設定起來就愈困難。作家對主角的弱點設定感到困擾的狀況，大致可以分成「不清楚作品的主題」以及「不了解真正的弱點」這兩種。

1　來自遊戲用語，在日常生活中多指能力突出、卓越之意。

作家怎麼會不清楚作品的主題？

　　讓我們仔細討論看看。前面有提過，三幕劇理論著重在解決主角身上的問題，對吧？主角、衝突、障礙物、敵人……換句話說，大部分的作家為了設計有趣的故事，經常聚焦在主角以及主角周遭的衝突狀況。最關注的內容往往是主角和敵人為了一個欲望周旋時，該如何化解衝突。

　　看看下方圖示。第一幕的情節高潮1（又稱作架構點1），代表的是第二幕中有趣的衝突，而不是連結到第三幕的緊張感。

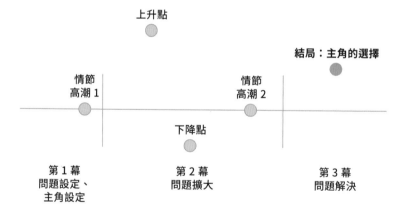

　　那麼，第三幕是由什麼內容構成的？正確答案就是「主題」。這與面臨衝突的主角，最終做出什麼樣的抉擇有關聯。第一幕在介紹主角，第二幕呈現衝突的狀況，這些內容都闡

述過後，主角的選擇會出現在第三幕。作品的主題會藉由主角做出什麼樣的抉擇來呈現，是與第三幕連結在一起的。因此，作家不知道作品主題，是指作家還沒辦法決定主角要做出什麼樣的抉擇，或是他還沒有想到。主角會藉由在第二幕上升點之前的勝利經驗學到東西，並且在第二幕的下降點體會到自己以往不明白的，也就是關於弱點（自己的問題）的部分。然後，這些會引導主角在第三幕的結局做出抉擇。亦即，主角的選擇和主角擁有什麼樣的弱點是直接相關的。

網漫《金湯匙》（作者：HD3）
家境貧窮的主角，偶然在路上從賣小雞的奶奶那邊獲得一根特別的金湯匙後，所展開一連串的故事。只要在有同齡孩子的家庭中，用那根金湯匙吃三次飯，自己就能變成那個家庭的孩子。也就是說可以選擇父母。

這個設定，從什麼時候開始，會變得有趣？是主角煩惱要不要用金湯匙的時候嗎？還是主角用了金湯匙之後？是後者。讀者想看到的是主角使用金湯匙後上升的階段，作家的想法也是如此；所以這個設定有很高的機率在三話之內就會出現。那麼有趣的設定——金湯匙——就等於是貫穿整個第二幕的衝突。只不過，金湯匙已經用掉了，從第二幕到第

三幕之間的衝突會空出來。這部分該怎麼填補呢？想必會是「即使用了金湯匙，我還是不幸福（對原生家庭的愛、女朋友等）」。因此，使用金湯匙後的上升點定出來後，主角會做什麼樣的抉擇，就成了貫穿作品主題的問題。

如果你很煩惱，不曉得該讓主角做出什麼樣的抉擇，那麼我可以告訴你，這個問題可能比你想像的要更花時間。有很多作家直到連載的最後階段，都還在煩惱主角的抉擇。這與角色的生命力有緊密的關聯性。在連載作品的過程中，作家雖然沒有刻意那麼做，角色有時候卻會恣意採取行動。網漫《遠看是蔚藍的春天》的作者金庸，在後記表示：他原本想殺掉俊元，但終究下不了手。作品連載的期間，成長的不只有作家，角色也會一起成長。因此，沒有必要事先定好解決角色身上問題的方案。

從另一個角度來思考主題，也是一種好方法。我們常說，主題就像「作家要說的話」。**不過既然不是在寫論說文，要不要把句話改成「角色的重要選擇」？**如果你覺得自己實在無法決定主題，那麼可以試著思考看看，要在第三幕高潮處讓主角遇到什麼樣的事件，進一步又要讓他做出什麼樣的決定。

另外，作家有可能不知道主角真正的弱點是什麼。有時候，作家認為自己已經設定了一個弱點，實際上那卻不是弱

點。假設有個故事在講對刀產生陰影的主角，為了克服刀器恐懼症而展開一連串的行動。我們在第二幕會看到，主角為了擺脫刀器恐懼症而掙扎奮鬥的故事。那麼第三幕呢？我想要講的重點就在這裡。如果主角是因為被刀刺中，心裡才有創傷，那麼讓主角感到恐懼的，其實並不是刀。他的恐懼是來自於用刀刺他的人。因此，即使第二幕講了很多關於刀的故事，在第三幕還是得讓拿刀刺主角的人登場。這就是主題。你想講的應該不只是主角克服刀器恐懼症的故事吧？真正讓人害怕的是，拿刀刺自己的人。**主角要克服的不是「刺中自己的刀」，而是「有人拿刀刺向自己那種遭人背叛的感覺」。**

　　人的情緒並非用邏輯可以說明的。雖然用邏輯說不通，但強烈到留下創傷的記憶，是與許多情緒混雜在一起的。只要有脈絡可循，你一樣可以創造一個聞到咖啡香味就會想起殺人案件，所以對咖啡香氣有創傷的主角。如果你覺得很難設定主題，那麼有必要思考看看，自己是否不太了解角色真正的問題和真正的弱點。這是能夠更深入思考主角弱點的方法。主角要克服的不是刀，而是被刀刺傷的狀況。如果你正在煩惱主題設定，千萬不要漏掉主角真正的問題。

06

不能讓精神病態者當主角嗎？

有方法可行。

　　在撰寫企畫案的時候，偶爾會在沒有任何脈絡可循的狀況下，突然想到一個角色。或許是因為渴慕書寫新穎的題材。當你想創作不同與以往的其他角色時，其中特別有魅力的角色之一就是精神病態者。你腦中突然冒出一個點子：「雖然有很多作品裡出現精神病態者，但為什麼幾乎沒有作品是以精神病態者的視角來闡述的呢？之前怎麼都沒有人想到可以這麼做？」很多作家似乎都有類似的想法。我在教課的時候，一年大概會遇到三四個學生拿著用精神病態者當作主角的企畫案過來找我。他們總說：「竟然從精神病態者的觀點來說故事！不覺得很新鮮嗎？」

是的，很新鮮。但是這個新鮮的企畫作品沒有辦法收尾。角色的確很有魅力，不過為什麼除了開頭的第一到三話，就再也畫不出分鏡圖了？答案意外無趣。因為作家不了解主角的欲望。

所謂的故事，是某個主角想做到某件事情，但是卻很難達成

這是非常有名的《實用電影編劇技巧》（*Screenplay: the foundations of screenwriting*）一書的大前提。其他寫作書也有提到相似的內容，只是文句稍微調整罷了。上述的句子談的是主角的欲望和障礙。我們一步步拆解來看。第一、必須要有主角。這個我應該不需要再額外說明。第二、主角想要做到某件事情。換句話說，故事講的是關於主角的欲望。第三、（主角的欲望）那件事情必須難以達成。這部分則與障礙有關。

障礙和欲望是製造事件的動力，但同時也有使讀者支持主角的作用。讀者想到自己想支持的角色，通常都會想到英雄。不過，既然有作用，自然也會有反作用。因為總是渴望創作出新的角色，所以最後可能引發了出乎預料的欲望。難道，就不能用很難獲得支持的人物當主角嗎？我們不能用令人很難支持的精神病態者當主角，而非是一直成長中的角色嗎？

答案有許多個⋯⋯不過，精神病態者要當單一的主角相當困難。如果是雖然有其他缺陷，但仍有機會產生變化的那種角色，或許尚可一試。請看看恐怖電影。電影中出現了非常多怪物跟鬼魂，但假如從鬼魂的視角切入，呈現鬼魂心境：「我要待在這裡嚇那個人。」接著再讓鬼魂登場，觀眾還會覺得有趣嗎？精神病態者就算能作為主要人物登場，也很難成為主角的原因就在這裡。若是想用在驚悚恐怖類型中，就只會看見精神病態的主角殘忍地犯下罪行的視角。若是用來製造緊張感的人物變成主角，反而會讓緊張感減半。讀者想看的是因為那些製造緊張感的角色而嚇一跳，可不想進入那些角色裡面。那麼，難道完全不能使用精神病態來當主角嗎？如果你想用精神病態者當主角，還有下列幾個方法。

❶ 打造能成為精神病態者但又不是精神病態者的主角

起初，看起來雖然像是精神病態者，但到了後半部，主角卻開始感受到情緒。可以在主角身上做這樣的設定。讀者鐵定會舉雙手贊成。問題是，在主角感受到情緒之前的故事發展，應該要如何處理比較好？

❷ 由精神病態主角旁邊的另一個主角來解決問題

恐怖電影中總是有怪物出現。甚至還有很多電影會用

「異形」、「哥吉拉」等怪物的名字來當電影名稱。不過，異形或哥吉拉是主角嗎？牠們只是怪物，主導電影情節的主角另有他人。那就是必須安排在精神病態主角身旁的另一個主角。如果作品中出現殺人魔，就一定會出現一個堅持不懈、追捕到底的刑警。同樣地，精神病態的主角製造事件後，必須由另一個相對的主角出來解決事件，成為讀者情緒上能支持的對象。創造了一個非常有魅力的精神病態主角，卻在故事的開頭迷失了方向時，可以嘗試用這個方法來解決問題，並且藉由那個角色的視線來展開故事。

	網漫《四年級》	網漫《19》
前半部畫面視角	美璘（受害者）	南均（精神病態者）
整體視角	美璘（受害者）	刑警（觀察者）
情節要點	受害者美璘遭到孤立	村民的人性

網漫《四年級》（作者：Bongsoo）講的是一名國小教師鄭美璘（主角），以及跟蹤美璘的四年級學生佑彬（第二主角）的故事。雖然緊張感是由佑彬引起的，但除了後半部內容之外，並沒有其他從佑彬的視角來闡述的畫面。精神病態者就算能製造緊張感，也不能成為主角，這部作品就是很好的例子。跟蹤狂雖然是經常出現的主題，但這次把跟蹤的人設套用在兒童身上，就有一種很新穎的感覺。除此之外，在這部作品中不只是佑彬，美璘周遭的所有人物都孤立了美璘，這也是

相當重要的關鍵。網漫《19》（作者：wooyup）講的是，某天被青蛙附身的小孩子，在村裡連續殺人的故事。與呈現人類孤立過程的《四年級》不同，這部作品是藉由「人性存在與否」為主題，來呈現出「死不足惜」的人們。《19》是由身為第三者的刑警，一邊追查事件、一邊推動故事發展的。《四年級》將焦點全部都放在受害者一人身上，而《19》則欲拋出關於人性的問題，一一探討村中每一個人的故事；因此故事需要一個能展望全體，帶領整體故事前進的人物。那個角色就是由刑警來扮演的。

儘管如此，你可能還是會反問：「那麼，到底要從哪裡創作出新的故事呢？」新故事並非來自新的素材。當你將熟悉的內容創作得很陌生時，讀者就會覺得新鮮。

支持無法支持的主角

讀到「很難支持的角色」這個題目時，我想到一個人物。

那就是《死亡筆記本》（作者：大場鶇／小畑健）的主角夜神月。他天資聰穎，還使用「死亡筆記本」毫不猶豫地殺害他人，是一個有反社會人格的角色，他從未懷疑過自己所主張的正義。在故事初期，他只以犯下兇殘罪行的人為殺害對象；但沒過多久，只要是有可能會危害到他的地位的人物，不論是誰，他都會剷除。在他身上找不到絲毫的道德和良心，他個性殘忍，而且面對任何人（包含他的家人在內）都沒有絲毫關愛。他是一個極度無情的人，完全沒有任何值得讀者「支持」的地方。

然而，我摸著良心告白，其實在追這部作品的連載時，我經常是站在月那一邊的。我記得當時的心情非常複雜。月想要實現的目標（「為了封口殺害他人」）以常識來看，是絕對不能實現的目標，但是我卻不想看到他失敗。當月擺脫一連串縝密的陰謀，沒有被任何人絆倒而達成目標時，我不自覺發出讚歎，在「結果……」的惋惜之中，我心中或許暗自感到萬幸，萌生了陰險的念頭。

支持「無法支持的角色」（這樣講，還是有點良心不安）真的是很困難的事情。我長久以來不斷思索，閱讀《死亡筆記本》時，我的

內心，到底為什麼會產生如此錯綜複雜的情緒？我想到最後，結論是：「他想達成的目標，實在是太太太困難了。」在這部作品中，除了月之外，還有許多天才型角色。他們都想盡辦法要阻止月，因此，月有時會陷入絕望的險境中。雖然月是一定得被打敗的角色，但他中途如果倒了，故事就結束了。當然啊，他可是主角耶！讀者拋開善與惡、對與錯，只想知道這場激烈的戰鬥會有什麼樣的結局。講得直接一點，他們忍不住想知道，月會如何克服這些危機。竟然讓一個人拋開了不能拋開不管的價值，這大概就是《死亡筆記本》說故事的魅力吧。我也好想寫出這種故事。

07

讀者爲什麼不能忍受 「難以理解的主角」？

因為沒必要那麼做。

　　有時候，主角會做出讀者難以接受的舉動。像是毫無理由對全世界所有人表露善意；或是反過來，無條件對社會弱勢露骨地表達厭惡感。故事中如果沒有針對這類舉動進行適當的說明，就讓故事繼續發展下去，讀者的好奇心可能會變大；但也可能直接放棄閱讀下一話，不再碰這個作品。

　　雖然作家期盼的都是前者的反應，但是要讓讀者好奇難以理解的角色背後藏有什麼祕密，絕對不是一件容易的事情。最重要的是，別忘記讀者和主角是剛剛才初次見面的關係。你在路上看到做出怪異舉動的人時，會有什麼樣的反應？「那個人應該是有什麼理由吧。我想靜下來仔細聆聽背

後的緣由。」想必幾乎沒有人會這樣想。通常都會趕快離開現場。各位創造的角色也是一樣。

　若想引起讀者的好奇心，首先，就要讓他們對角色產生好感與興趣。第一個條件就是共鳴。就算只有一個場景也好，必須呈現出主角能引起共鳴的面貌。布萊克·史奈德稱這樣的場景為「救貓咪」（Save the Cat!）。這是指，對貓咪那樣的小動物施予善意的場景，會提高讀者對角色的好感。一個對所有接近自己的人都表現出過分的敵意，看起來很孤僻又非常不親切的老人，卻用溫暖的言語和眼神呼喚小貓咪過去，餵貓咪吃飯。試著想像看看這樣的場景。

　相反地，如果想透過凸顯主角第一眼讓人難以理解的獨特面貌，藉此刺激讀者的好奇心，那麼，至少也得讓讀者在其他部分，能充分產生共鳴才行。讀者對某個角色產生好奇心的瞬間，並非首次看到的人物做出他們無法理解又無法共鳴的選擇時；而是讀者自認為已經充分產生共鳴、且理解個性的人物，卻突然表現出無法理解的一面。例如：平常對所有學生都很親切的老師，突然對轉學生口出惡言；非常討厭同桌同學的學生，某天突然對自己的同桌同學露出燦爛的笑容等。讀者在感到詫異的同時，又期待作家會在下一話揭穿緣由。當然，這類型的展開必須在讀者已經對主角有某種程度的掌握之後，才能確實發揮效果。因此，很難在第一話中使用。

　　即使如此，如果一定要在故事的初期強調主角的奇怪舉動，可以試著活用配角。配角 A 看見主角的行動時，說：「搞什麼？怎麼會有那種人？」如此將讀者的心聲說出來。這時，配角 B 就會跳出來跟 A 說，主角那麼做其實是有隱情的：「啊，在去年發生那個事件之前，他並不會那樣……」如果設計這類的橋段，讀者或許就會察覺作家隱藏起來的意圖，然後暫時續追不放棄作品。

　　有時候，作家可能會想將主角身上真的很重大的內在要素藏得久一點，之後，再用來製造故事反轉的效果。只要是作家，不管是誰都會有這樣的欲望，不過還是有必要冷靜地計較看看其中的利弊。站在讀者的立場，有可能會覺得被長久關注的角色欺騙了，也很可能會覺得角色「人設崩塌」。如果作家隱藏起來的主角的重大祕密，真的能作為強大的魅力要點，請在更多讀者棄追作品之前，趕快呈現出來。

08

同人創作很有趣，
對自創角色卻沒有感情。

>>

沒關係，
這相當正常。

　　有許多人是以同人藝術、同人小說等同人創作，踏入創作領域的。繪製鍾愛漫畫的主角，讓角色穿上原本的故事中不會穿的服裝。或是自己想像原本故事中沒有描寫的後續內容，進一步寫成小說。喜歡的電視劇播畢後，帶著不捨的心，用漫畫繪製主角情侶生育第二代的故事。這是最近的創作者相當熟悉的創作方式。

　　同人創作，大部分都是以在原著登場的角色為中心來進行。創作內容往往是原著中沒有提到的角色所發生的瑣碎日常，或是原著完結之後的故事等；有時候，角色之間也會締結新的關係，並因此發展出新的事件。

有時候，創作者甚至還會將既有角色放到完全不一樣的世界裡。像是將棒球漫畫的主角和同伴設定成未來的宇宙探險隊，或是將原本以朝鮮時代為背景的歷史劇角色改寫成現代高中生，展開一段校園愛情故事等。「假如這些角色存在於另一個世界……」以這樣的假設為前提來創作的故事，在同人創作市場被稱為「平行宇宙」（AU，Alternative Universe）。發展到這種狀況時，同人創作已經和原著的敘事有非常大的差異。因為作家必須企畫新的背景和事件，角色的設定也需要更動，實際上和純粹的創作已經沒有太大的不同。

是因為這樣的緣故嗎？長久以同人創作為主的創作者，要企畫原創作品的時候，經常會感到慌張。他們的理由是，對自己創作的角色沒有感情。我也見過只在同人創作領域享受創作的樂趣，乾脆放棄書寫原創故事的案例。雖然選擇權在作家自己手上，但有一點我想要提醒：之所以會覺得同人創作比較有趣，難道不是因為同人創作比較輕鬆嗎？

其他作品的角色是現成品。用已經製作完成、具備明確角色特性和前後敘事的角色來創作故事，以極端的比喻來說，就像是從超市買巧克力派回來堆成蛋糕。材料測量、揉麵、熟成和烘焙的過程全都省略了。如同巧克派也能堆得很藝術，製作成很出色的蛋糕那般，我完全沒有要貶低同人創作的意思。然而，同人創作從起點開始，的確跟以白紙開始的故事創作不同。

即使像平行宇宙那樣，完全換了一個風格還是一樣。作家對角色非常了解。在原著中擔任第四棒打擊手的角色，就算現在成了宇宙探險隊的王牌探員，他的角色本質還是沒有改變。作家知道他遇到意料之外的危機時會如何行動，知道他在自身利益和同伴的安危之間會如何選擇，知道他會如何度過突然獲得的假日等。因為作家已經在原著中觀察那個角色許久。與熟悉的對象聊天時，心情會很舒坦，大多也會很開心。因此，同人創作才那麼有趣。作家如果覺得有趣，故事當然也會進行得很順暢。

同人創作還有一個優點。那就是讀者對角色也相當熟悉。同人創作的讀者通常都是對原著非常了解的人。讀者光看角色的名字和設計，立刻就能知道那個角色是誰。因此，在故事初期也大幅減輕了必須介紹人物的負擔。減輕愈多負擔，創作者愈能將精力集中在事件與心境的描寫上。

如果讀到這裡，你依然很擔心自己對「自創故事的角色」沒有感情，那麼我想問問看，你創作的故事目前發展到哪一個階段了？那個故事中的角色完成到哪種程度了？是不是還處於設計的階段？故事中的角色很清晰嗎？角色的過去呢？角色的欲望和缺憾呢？角色之間的關係呢？跟同人創作中你喜愛的其他作品的角色相比，你對自己創作的角色了解多少？有辦法愛上不太了解的角色嗎？

　　對自己創造的角色抱有多深厚的情感，每個作家的狀況都不盡相同。只不過，有一點我可以保證。那就是作家從企畫中的角色身上感受到的情感，和那個作品即將結束連載時從角色身上感受到的情感，絕對是完全不同的。只有「人物簡介」的角色，和在連載期間經歷無數多的事件、產生變化後成長的角色，有相當大的差異。不對，實際上他們經常是完全不同的存在。理由很簡單。在短則數個月，長則數年的連載期間中，塑造角色的作家自己也產生了變化。雖然我並不會覺得角色是「我心愛的孩子」，但是我認為角色和我是有互動的「夥伴」關係。在故事的尾聲，一邊替故事收尾，一邊回顧這個角色的過去，檢視他的現在，擔心他的未來。當我意識到這樣的事情不會重來時，那個瞬間的心情，沒有經歷過的人真的很難理解。

　　在構思故事的這個當下，就算你對自己創造的角色沒有產生炙熱的情感，也不需要太過擔心。只要繼續發展故事就可以了。當故事變得愈來愈具體，角色就會活過來，以不輸於「其他作品角色」的清晰模樣出現在作家的面前。你會愛上自己的角色的。

09

主角被逼入絕境時
該怎麼救出來？

>>

請活用配角。

　　根據三幕劇理論重新調整故事架構時，會發現最困難的部分就是第二幕的後半部。主角因為敵人的行動陷入危機，但是你卻看不見任何解答。雖然不同的類型在細節上會有差異，但大致上，可以分成兩種狀況來討論。

❶ 主角必須在心理上體會些什麼的狀況

　　通常，當主角為了內在成長而必須體會些什麼時，作家往往絞盡腦汁思考各種解決方案。朋友可能會撂下狠話，又或是突然出現一個導師級的人物對主角說一些金句。這些方法雖然都可行，不過說教的氛圍可能會讓讀者感到不適（請

參考 p209），所以這個部分，我建議先保留比較好。

　　《水缸》（作者：Jo Hyeona）的主角，雖然嘴上說想要去大海，實際上卻很害怕變化。總是猶豫不決、不清楚自己心中所想的主角，需要一個行動派的朋友或是同伴。可以是好的朋友，也可以是不好的朋友，但都要比不知所措的主角還要積極許多。所以他們會向主角提議「就這麼做吧！」，然後將主角牽扯進事件當中。

　　持續閱讀作品的讀者在害怕變化的主角於第二幕後半部落入危機時，會希望主角的同伴能夠來把主角救出去。不過，這時候同伴如果明擺著要教主角一些什麼，就會有些尷尬。那麼，該怎麼做比較好？**這時候需要用畫面告訴讀者「主角其實是這樣的人」。**如果由同伴幫助主角脫離困境，能呈現出該內容嗎？比起這種方式，讓主角先採取行動，效果會更好。

　　在《水缸》中亦是如此，主角為了抓住朋友瑪麗安而一起掉了下去。透過這個場景，讀者先體會到主角是什麼樣的人，之前一直對主角抱持負面看法的朋友也對主角表達感激之情，主角自己也正向改變了過去遭自己忽視的模樣，最終拯救了自己。要先將場景呈現出來，再讓配角跟主角說話。請將這個順序，銘記在心。

② 主角雖然體會了些什麼，那個東西卻在敵人手中，很難
找到（故事的）線索

　　嚴格來說，這時候遇到的並非主角的內在問題。因此，
必須從外部問題尋找線索。在第一幕的副線情節中，主角偶
然救下的某個人，或是之前沒注意過的配角會突然現身來解
決問題。在電影《阿拉丁》中，拯救阿拉丁的並非精靈，而
是和精靈一起過來的地毯。如果想讓讀者知道主角並非孤身
一人，可以選擇在主角什麼都做不了的狀況下，勾勒出動員
配角力量的場景。重點是，主角沒辦法獨自解決事情。他需
要其他人！

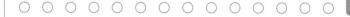

迷你課堂

在第二幕後半部，讓主角重新振作的事件類型

1. 主角體會到「我其實是怎麼樣的人」的事件

    - 知道主角以前模樣的配角，對主角說出「我記得當時的你」
      之類的台詞。
    - 主角拯救與自己疏遠的角色時。
    - 主角遇到記得他久遠模樣的配角時（通常是家人）。
    - 發現藏有主角過去的記錄（日記、社群媒體訊息）。
    - 主角過去的行為帶來意想不到的結果（是好是壞都可以）。

2. 拯救主角的事件

    - 主角誤以為背叛自己的角色現身拯救主角時
    - 在初期受到主角感化的配角勸說其他人採取行動時

10

想要創造
出色的配角

>>

考慮看看是否加入移轉角色吧！

移轉對象就像是發育期的幼兒在尋找能取代母親乳房的東西。在故事的世界中，他們存在的目的可以說是用來滿足角色（即使是成人）尚未被滿足的欲望。大致上能區分成：妨礙主角成長的角色和幫助主角成長的角色。

該如何看待妨礙主角成長的角色？一開始就滿足主角欲望的角色，能幫助主角成長嗎？在這裡有滿足欲望的魔法道具，只不過觸犯禁忌的瞬間就會墜入深淵。想想《恐怖寵物店》、《怪奇商行》和《盜臉人生》吧！雖然一觸犯禁忌就會墜入深淵的魔法道具，確實能及時滿足主角的欲望，但似乎沒辦法幫助角色成長。

用道具來說明會比較好理解，如果是（活生生的）角色，總覺得那個角色似乎背叛了主角，所以一開始被設定成同伴後，通常到最後都會是同伴。然而，一旦發現同伴的存在其實妨礙了主角的成長，配角反而會變得更為立體。

可以參考《女王：沉默的教室》（作者：Kim Injeong）的內容。某個高中教室中默默藏了一個女王，身為轉學生的主角與女王相遇後，實現了在學校與朋友好好相處的欲望。故事並沒有結束在這裡。主角在過程中逐漸發現女王的真實面貌。《往壞的方向》（作者：Oh Eun/Lee Seril）也很類似。主角鄭善將所有的希望都寄託在班長兼理事長的女兒瑪麗的身上，瑪麗滿足了她在潛意識中最想要滿足的欲望——「渴慕被愛」，所以她願意為瑪麗做任何事情。雖然移轉對象是瑪麗，但就像魔法道具帶有禁忌那樣，瑪麗身上也有一個禁忌，那就是「妳不能變得和我一樣」。因此，她並不是幫助主角成長的角色，而是站在反對立場的角色。在初期滿足主角的欲望，後來卻與主角對立的這些角色，是主角的負面移轉對象。這種設定，經常用於以操縱人心為重要情節的心理驚悚作品。

如果你想創作心理驚悚類型的作品，在構思這類角色的時候，請以下列兩個問題為核心來思考。這會幫助你更輕鬆地描繪出角色之間的關係。

❶ 主角潛意識中的欲望是什麼？〔在《往壞的方向》中，主角的潛意識欲望是「渴慕被愛」。〕

❷ 移轉對象角色的禁忌是什麼？〔在《往壞的方向》中，移轉對象角色的禁忌是「妳不能變得和我一樣」。〕

　　不過，移轉對象角色一定都是負面的人物嗎？並不一定。有些狀況是，雖然主角非常執著地認為該角色能滿足自己的欲望，但是該角色並沒有利用那一點，反倒還幫助主角成長。這些角色在初期看起來雖然像敵人，到後面才知道原來是同伴。他們被稱作「邊界守衛」。在佛格勒提出的英雄旅程十二階段中，原本安居於日常世界的主角，為了前往非常世界探險，必須經過門檻。而主角為了能順利通過門檻，又必須經歷修練。即使不是英雄故事，其他類型的作品也都包含這樣的過程。

　　這些扮演守衛的角色在故事初期看起來像敵人，他們讓主角專注於自己不足的問題。有些完全改變主角欲望方向的角色就是屬於這類型的——他們讓原本以「我想得到愛」為目標的主角徹底轉變想法，改為追求「我要照顧某個人、我要去愛某個人」。在這種情節中，移轉對象角色的作用在於協助主角成長。

11 有那種沒有對立人物的故事嗎？

>>

這是個
困難的挑戰。

　　對立人物的原文是反動人物（antagonist），顧名思義就是指與主動人物做出反方向行動的人物，亦即擋住主角前路的角色。主角如果要拯救世界，這個人物就要消滅世界；主角如果要談情說愛，這個人物就要阻擋主角的愛情；主角如果要逃離危險，這個人物就要阻止主角逃跑或是自己代替主角逃跑。也就是說，主動人物和對立人物的目標絕對不可能同時達成。

　　對立人物不等於反派人物（villain）、惡棍、壞人。對立人物只是站在與主角欲達成的目標相反的立場，企圖達成自己的目標罷了，他們不一定是壞人。舉例來說，主角在有重

要考試的前一天，打算去看自己喜歡的歌手的演唱會，爸媽卻跳出來阻止。在這個故事中，我們很難指責父母是壞人。他們只是擁有相反的目的罷了。

還有一個極端的例子，那就是《死亡筆記本》。主角月獲得能左右世上所有人生死的能力，並且輕易奪取人們的性命。與此同時，他還堅信自己是在實現世界的正義而陶醉於其中。另一方面，偵探 L 知道月的真實面貌後，打算要阻止他。讀者的心情變得相當微妙，因為任誰來看，故事的主動人物——月——是壞人，而打算阻止月的對立人物——L——才比較接近正義。也就是說，如果單憑「反派」這一個概念來解釋，可能有礙於客觀地看待故事的架構。

在世界上，的確有很多沒有對立人物的故事。不過，那有很高的機率是由非人物的其他存在取代掉了。可能是天然災害，也可能是社會結構。如果有一個故事講的是主角在去考大學考試的路上，突然遇到掩埋村落的山崩，於是主角為了去考試而在災難中掙扎奮鬥。那麼在這個故事中，山崩就是主角的主要敵人。就像這樣，假如將阻擋主角達成目標的存在定義為對立人物（即使實際上並不是人物），那麼你將很難找到沒有對立人物的故事。因為從很久以前開始，大部分故事的基本架構就是「主角想做到某件事情，但卻很難做到（即使如此還是做到了，或是終究還是沒能做到）」。這個架構如果要成立，就必須有導致事情難以實現的理由。

　　雖然不是所有的故事裡都會有明確的對立人物，但是有對立人物時，讀者比較容易理解故事的結構。電影《屍速列車》屬於殭屍災難片，妨礙主角達成目標（將女兒安全帶到妻子身邊）的就是殭屍。然而，為了用更極端的方式呈現出來，在這個故事中選擇了其中一個配角來強化對立人物的性格。愈是用明確的型態有一致性地來呈現妨礙主角的最大障礙，讀者愈容易投入在故事中。比起抱怨社會、自然，或是不可思議的現象，直接指著某人大罵：「你這個混蛋！」還是比較痛快嘛！

　　尤其是在讀者需要快速且直覺的理解時。例如：若是以嬰幼兒為對象的內容，直接設計一個明確的對立人物，比較有利於讀者投入。這就是為什麼小孩子看的動畫當中，經常會聽到角色在登場時發出怪異的惡笑：「阿哈哈哈！」如此一來，即使沒有完全理解故事中藉由台詞說明的複雜背景，或是因果關係的資訊；光是透過象徵性的笑聲，小孩子就能直覺得知該角色的目的在於阻擋主角，並且跟上整個故事的脈絡。

情節和角色都準備好了。市場調查後，類型也決定好了。剩下的就只有開始寫了。不過，通常在這個階段都會經歷一次「崩潰」。已經努力準備了許久，目標彷彿就近在眼前，但實際上要開始執筆時，才深切感受到自己只不過是剛站上起點罷了。

要將腦海中的模糊畫面具體呈現出來，的確不是容易的事情。然而，如果不經過這個階段，故事就會永遠停留在作家一個人的腦海當中。試著在腦中想像即將讀到你的故事的讀者，並且持之以恆地創作吧！往前邁出步伐吧！經驗累積得愈多就會變得愈輕鬆。相信《IP 時代必備的創作指南》，跟著我們一起做吧！

PART **5**

執筆 篇

照樣寫就可以了嗎？

01 文字分鏡
是什麼東西？

是為了繪圖的人
製作的文本。

「分鏡」是在正式開始製作漫畫原稿之前，用擬好的台詞大略地畫出來的漫畫草稿。在日本叫作「NAME」（ネーム），經常會拿來與電影製作使用的「分鏡腳本」比較。

分鏡是為了減少原稿製作時的錯誤。先完美地完成第一格後，再接著完成第二格的這種創作方式，作家很難一目瞭然地掌握那一話的整體脈絡。在專輯製作之前會先錄製 demo 帶（試聽帶），也是基於同樣的道理。由於分鏡的目的在於「先畫畫看」之後再改，所以通常都會畫得很簡單又粗略。

剛剛提到「畫出來」。基本上，分鏡圖是用畫的。因為

頁漫的分鏡

《國立自由經濟高等中學世實高第二學期》
（©Yang Hyeseok/Lee Hyeonji，DAEWON. C. I. INC 出品）

頁漫完成原稿

《國立自由經濟高等中學世實高第二學期》
（©/，DAEWON. C. I. INC 出品）

是漫畫，所以必須包含視覺上的呈現。那麼「文字分鏡」又是什麼？

文字分鏡就是文本形式的工作素材，也就是漫畫的腳本。漫畫腳本在製作上跟電影腳本不同，並沒有明確的規則。在《關於漫畫故事創作的所有事》（*The Art of Comic Book Writing: The Definitive Guide to Outlining, Scripting, and Pitching Your Sequential Art Stories*）中，馬克・克尼斯（Mark Kneece）說：「製作電影腳本時，有許多必須遵守的具體規則，但是漫畫並沒有。（中略）所幸，漫畫腳本也幾乎沒有絕對不能那麼做的『錯誤的方式』。」

簡而言之，文字分鏡（漫畫腳本）的目的在於溝通。它是用來將充分的資訊傳遞給要看著腳本繪製漫畫的人。克尼斯列出了三項漫畫腳本中，必備的要素。

❶ **文字** 在對話框內、思想框內、旁白框內等，出現在漫畫裡的所有文字

❷ **圖畫** 描寫每一格內要繪製的內容

❸ **分格號碼** 按格分配文字和圖畫的數字代碼

需要文字分鏡的狀況，大致上可分成兩種。第一種是負責故事的作家和負責繪圖的作家是同一個人時。這時候的文字分鏡用途在於，方便作家在繪製分鏡圖之前，事先掌握台

詞和節奏，藉此推估分量多寡。格式相當簡單，內容大約只有分格號碼、台詞、重要的繪製構想（如果自己可以記清楚亦可以省略）等。根據作家的創作習慣，這個階段也可以跳過，直接進入分鏡圖的繪製。

作家爲了自己繪製分鏡圖而撰寫的文字分鏡

20.（廢墟背景）天使也不容易呢。
21. 又是廢墟。### 按順序呈現這一格
22. 這裡是惡魔城。
23. 之後的路我自己走。/ 嗯？爲什麼？（不是連在幾樓都不知道嗎？）
24. 我想避免不必要的殺生。/ 你是要我飛走嗎？（沒翅膀的人真可憐，是要怎麼活下去？）
25. 請立遠離這裡，愈遠愈好。/ 你是要我飛走嗎？（沒翅膀的人真可憐，是要怎麼活下去？）
26. ……./ 動作要快點。<- 小圖

＊由於是作家自己要用的，所以幾乎沒有標示任何角色名稱或是繪圖指示。
《不只是家庭》（©Yang Hyeseok/Lee Hyeonji，NAVER WEBTOON）

以上述的文字分鏡 24-26 爲基礎繪製的分鏡圖

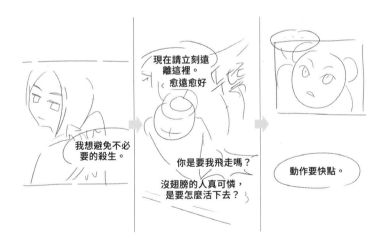

《不只是家庭》（©Yang Hyeseok/Lee Hyeonji，NAVER WEBTOON）

第二種狀況是負責故事的作家和負責繪圖的作家不是同一個人的時候。作家 B 必須以作家 A 撰寫的腳本（文字分鏡）為基礎來繪製分鏡圖。第一種狀況是「文字分鏡撰寫者＝文字分鏡讀者＝分鏡圖繪製者」；第二種狀況與此不同──「文字分鏡撰寫者≠文字分鏡讀者＝分鏡圖繪製者」。這差異非常大。作家 A 的目標是引導自己唯一的讀者作家 B，讓他根據自己的創作意圖繪製作品。就像電視劇腳本的作家或電影劇本的作家寫的腳本，並不是要給觀眾看的，而是要給導演和演員看的。從這個角度去理解應該會比較容易。

以他人負責繪製分鏡圖及漫畫繪圖爲前提撰寫的文字分鏡

---

56 話　向你發問

1.（過去式）〔七十年前〕年幼的（十六歲）貝爾達：（手往前伸，召喚精靈中，咬牙，必死的表情，在手上散發出氣息與小火花）火花的靈魂啊，靈魂啊，生命啊⋯⋯回應我的呼喚吧⋯⋯〔貝爾達（十六歲）見習魔法師〕

2.（與前一格一樣，配置左右調換）年幼的史特拉：（從跟貝爾達不同的角度召喚火花精靈中，被召喚的精靈只有一個，火花也只有一個，兩個人正在合力召喚精靈。在這一格中看不見貝爾達，一樣是必死的表情，但看起來比貝爾達冷靜許多）火花的精靈啊⋯⋯現在需要你的智慧⋯⋯〔史特拉（十七歲）見習魔法師〕

3.兩個人都可以看見，兩個人的手一同伸過去的地方有被召喚的火花精靈，巨大的火花熊熊燃燒，緊張的氣氛／年幼的貝爾達：（興奮）成功了！！／年幼的史特拉：（冷靜，眼神銳利）我們召喚了你，現在回答問題吧⋯⋯

4.兩個人，朝向巨大的火花，睜大眼睛，用稚嫩的表情靠過去，大聲質問／年幼的貝爾達：我們兩個人當中！／年幼的史特拉：誰比較漂亮？／火花精靈，背影，明顯的冷汗

＊為了讓繪圖者理解，把各式各樣的資訊都寫在裡面。
《與龍結婚》（© 月光私釀團／Syuto，Daon Studio 出品）

以上述由他人撰寫的文字分鏡爲基礎製作成的原稿

《與龍結婚》（© 月光私釀團／ Syuto，Daon Studio 出品）

剛剛以電視劇和電影的腳本來比喻文字分鏡。那麼，文字分鏡可以按照電視劇腳本的格式來撰寫嗎？可惜不能那麼做。漫畫腳本陳述的是「不會動的畫面」、「切斷時間與空間的畫面」，所以跟影像媒體的腳本，在本質上是不同的。

　　首先，來看看台詞的部分。漫畫的台詞不能太過冗長。寫電視劇腳本的作家，在撰寫漫畫腳本的時候，經常會忽略這一點。與電視劇、電影和戲劇不同，漫畫中的台詞會占據實際的物理空間。如果對話框裡塞得滿滿的，文字填滿了大部分的畫面，讀者可能會失去閱讀的意願。

　　漫畫是文字與圖畫的結合。文字要騰出空間給圖畫才行。新人作家經常犯的錯誤就是，在圖畫已經充分說明的內容中，又以台詞重複闡述。例如：畫出一個抱著孫女微笑的奶奶之後，又在對話框裡面寫：「哇，像這樣緊緊抱著我的孫女，真的好幸福啊！」老練的作家不會幫奶奶加台詞。因為那樣衝擊性更強。主角看到室友將房間弄得亂七八糟而一臉傻眼時，難道還需要替他加台詞：「家裡簡直就是垃圾堆嘛！」比較精練的做法是呈現出他惆悵的背影，或是讓他喃喃自語「該換密碼了」。

　　第二個是繪圖說明（提示）。雖然已經提過很多次，但還是要再次強調，漫畫是文字和圖畫的結合，而腳本是漫畫整體的設計圖，所以，必須特別說明跟圖畫相關的資訊。只

不過，漫畫腳本和電視劇腳本或電影劇本，有一項很大的差異。那就是，漫畫的繪圖說明要描寫的是「世界上不存在的畫面」。那些畫面只存在於文字分鏡撰寫人的腦海中，並且要透過繪圖作家的手，才能具體呈現出來。這兩者如果是同一個人物，還有可能照樣呈現；但如果是由不同的人來做，畫面一定會變形。雙方如果沒辦法接受這點，就不可能一起合作。撰寫腳本的人在撰寫繪圖說明時，必須考量到自己腦中的畫面可能會劣化並變形。

講到這裡，有些人可能會質疑：「那麼仔細撰寫繪圖說明，避免畫面劣化不就行了嗎？」我們一起看看以下的內容。

版本 A

第 1 格 讓人想起北愛爾蘭荒地的夏末草原，稍微露出來的天空是褪色的鈷藍色，到處可見枯萎的薊。草原上躺了一個身穿白色無袖亞麻連身裙的少女。年紀大約十四至十五歲，但看起來比實際年齡更稚嫩。臉上有酒窩，紅色頭髮，典型愛爾蘭血統的五官，臉上掛著若隱若現的笑容，但是少女的臉龐在這一格中並沒有清楚呈現出來，只看見模糊的形象。在低處流動的微風，捲起白裙的一角，整個畫面有種田園風光的感覺。

第 1 格 躺在草原上的紅髮少女，寧靜祥和的氣氛

　　版本 A 和 B 兩個繪圖說明中，哪一個比較好？如果你覺得標準很模糊，那我換個方式問：繪圖作家會比較喜歡哪一種繪圖說明？經驗愈豐富的人，選擇後者的可能性就愈高。版本 A 這種繪圖說明，雖然能明確呈現出腳本撰寫者腦中的畫面，但是同時也削弱了繪圖作家的自由度和發揮特色的空間。更準確地說，版本 A 乍看之下提供了很多資訊，但是若要用來畫成畫作，其實都是些很模糊的內容。「褪色鈷藍色的天空」、「夏末的草原」、「到處可見枯萎的薊」、「少女的紅色頭髮」和「白色裙角」，這些有辦法全部放入同一格當中嗎？這些資訊太龐雜，描寫範圍也太過廣泛。

　　有必要重新提醒，漫畫的畫面是「定格的」。相機拍攝出來的照片是不會流動的。相反地，版本 A 的繪圖說明感覺就像一個影片檔。繪圖作家必須得費心思考，該從這冗長的畫面說明中捕捉哪一個瞬間來繪製這一格。如果作家判斷這些資訊沒辦法由單一格來呈現，可能還會分成許多格來描繪。如果只有其中一格的繪圖說明是這樣，或許還能簡單帶過，但如果一整話的內容都是用這種形式來呈現，作家還有辦法工作嗎？以電視劇來比喻的話，這等於是交出長達

一百二十分鐘的腳本，卻提出要求：「導演自己想辦法拍成七十分鐘的長度吧。」

相反地，如果像版本 B 那樣簡略的事實陳述就是全部的繪圖說明，那麼最後畫出來的東西，可能和編劇作家想的完全不一樣。分鏡圖裡大概就不會出現「褪色的鈷藍色天空」、「夏末的草原」、「到處可見枯萎的薊」等內容了。不過，繪圖作家的自由度變高後，就能充分發揮出作家本身的特色和能力。

只能說繪圖說明（畫面說明）要說明的多具體，完全取決於當下的狀況和作家。有些作家會要求「明確說明關於空間架構的參考畫面」，而有些作家則會表示「我想自己安排空間的配置，過度具體的要求很難呈現出來」。有些作家會說「請仔細描寫每個畫面中角色外在的狀態」，而有些作家可能會說「請盡可能仔細寫出角色內在情緒的狀態」。

這就是為什麼文字分鏡的撰寫方式，很難統一的原因。不過，有一點，我很肯定。**所謂好的文字分鏡，就是「繪圖的人容易理解的分鏡」**。就算大家都覺得很有趣，如果你唯一的讀者兼繪圖者，也就是要繪製分鏡圖的人看了之後面露難色，就代表你的文字分鏡沒有發揮該有的功能。希望你們能在充分的溝通之後，找到最適合彼此的合作方式。

02

不會畫畫只好放棄繪製分鏡圖嗎？

先試試看吧！

　　對從來沒有畫過漫畫的人來說，下定決心要嘗試畫漫畫時，會遇到許多障礙。人體素描、筆觸、數位彩繪……其中最大的障礙大概就是「分鏡圖」（以下簡稱分鏡）了吧。史考特・麥克勞德（Scott McCloud）在《漫畫原來要這樣看》（*Understanding Comics：The Invisible Art*）一書中，將漫畫定義為「按預定順序並排的圖像和其它形象」。根據這個定義，分鏡已經具備漫畫的所有要素。經過構想、一句話大綱、摘要、話次大綱、文字分鏡、分鏡圖、素描、描線、底色、明暗、效果、排版等階段製作漫畫原稿時，之前只以「文本」（文字）形式存在的內容移到分鏡圖上時，瞬間就轉變成圖畫。在這個階段，圖畫會根據作家預定的順序排列，完成流暢的故事，

而文字則會占據一部分的畫面。由於這是要將世界上不存在的畫面根據企畫呈現出來的過程，所以新手作家自然會覺得很茫然。

就像創作的所有階段一樣，分鏡也是以作家覺得方便的形式來製作就可以了。只不過，對之前都以文字來創作的作家來說，難免會覺得分鏡圖很陌生。因此，以下有些入門方法推薦給大家。

最先要做的就是製作文字分鏡（請參考 p176 ＜文字分鏡是什麼東西？＞）。這次要撰寫的文字分鏡是作家自己要用的，所以不需要詳細記錄繪圖要素。重點在於台詞。請打開一個空白文件檔，將該話次出現的台詞全部都寫上去。最好能按照順序撰寫，但如果忘記台詞，跳過部分內容也沒關係。甚至不用標記哪句台詞是哪個角色講的。因為是自己寫的故事，所以不用標也可以分得清楚。寫台詞的時候，還會想到一些能代替台詞的動作，可以將那些動作寫在括號裡。請將你腦中屬於第一話的所有台詞，從頭到尾全部寫下來。形式大約如下：

怎麼現在才來？

我好像沒有遲到很久啊？

你在說什麼啊？電影已經開始了！

一定還在播廣告啦！（牽手）走吧！

（把手拍掉）怎麼了……？（怒視）

（迅速轉身走掉）

喂！允瑞！

你覺得看起來很粗糙嗎？沒關係。先從這個開始。A（允瑞）在電影院等 B，B 看起來像是在電影開始後，過了十分鐘左右才到。A 很生氣，B 卻不怎麼感到抱歉，只是稍微安撫一下。A 生氣地走掉，B 叫住 A。

雖然也可以用文字的形式繼續寫下去，但現在先不要處理文字，而是按順序把數字標上去看看。「標記分格號碼」看起來沒什麼，其實非常重要。這是決定哪一句台詞要放在哪一格的過程；這項工作處理完之後，就能知道你寫的作品的第一話總共有幾格。在標記的時候，如果想追加沒有台詞的分格，只要加上數字並添加繪圖說明即可。經常看漫畫的人，很自然就會想放入全景分格（呈現人物現在所處空間及狀況的畫面──「布局分格」），這個部分也可以自由操作。隨時都能修改，就是分鏡的優點。

1. 人潮很多的電影院全景。← 全景分格

2. 怎麼現在才來？

3. （不開心地看著手錶）……我好像沒有遲到很久啊？

4. 你在說什麼啊？電影已經開始了！

5. 一定還在播廣告啦！（牽手）走吧！

6. （把手拍掉）← 沒有台詞的分格

7. 怎麼了……？／（怒視）

8. （迅速轉身走掉）／喂！允瑞！

總共有八格。我們的目標是繪製分鏡圖，現在馬上就打開繪圖軟體吧。不要太緊張，只會畫八格。這個四方形就是分格的框架，所以要盡可能畫得大一點。你腦海中可能會浮現其他人的意見：「分格大小都一樣不會很奇怪嗎？」、「分格之間的間隔是不是也要顧慮一下？」現在果斷地無視這些建議吧！之後都可以再改。此時不要太執著於每一格的內容，要先掌握脈絡才行。

簡單將八個分格排成直排後，放入對話框（對話氣球）。如果軟體裡有附對話框的物件，可以直接使用，沒有的話簡單畫一個橢圓形就足夠用了。將對話框放到分格中（也可以掛在分格邊線上），寫上剛剛寫好的台詞。對話框的位置只要避

開中間即可。這個之後可以再改，不用擔心。之前寫在括號內的說明內容，請繼續置於括號內，並放到適合的空白處。

形式大約如下：

這麼一來，分格已經配置好，台詞也都確定了。發現了嗎？現在只剩下畫「圖」了。「只剩下！？」在你大叫之前，先試著做做看吧。光是做到這裡，就清除了許多障礙。說不定在你加上台詞的時候，就已經產生「想趕快把我的角色畫到空白處上」的欲望了呢。

圖也不要畫得太困難。如果光用圖畫很難表達，還可以用文字幫忙。要畫出兩個手挽著手的人，卻覺得「挽著手」很難畫嗎？如果你正在打草稿，那麼可以從網路上搜尋兩個

人挽著手的圖片，或是拜託身邊的人擺動作給你拍照，再一邊參考一邊畫等等，有很多方法可以運用。不過，我們現在畫的是分鏡圖，所以不用那麼費心思。簡單畫出兩個人的剪影之後，只要在上面寫「手挽著手」，就可以順利傳達意思了。與其為了真實畫出兩個人挽著手的模樣，耗費兩個小時在一個分格上面，還不如快速帶過憑你現在的繪畫實力沒辦法呈現出來的畫面，趕快完成一張分鏡圖，這樣比較符合你的挑戰目標——「新手分鏡圖的第一步」。

可以嘗試放入主要人物和主角之間的衝突。

　　作家最常寫的話次，就是第一到第三話。以三幕劇結構來說就是第一幕。基於各種原因，第一至三話寫了無數遍，例如：為了確認你的構想是否可行、成為作品；為了參加徵稿或是為了在正式連載之前先給負責人看過等回饋等等，並因此修正了許多次。其中修正最多次的部分就是第二話。第一話引人「上鉤」的功能很強，所以必須放入能呈現主角個性或狀況的有趣事件。第三話根據三幕劇的理論，必須在最後安排觸發事件，所以目的在於，放入引導主要故事前進的大事件。

　　那麼第二話呢？經常有作家煩惱第二話該如何填滿。已

經有第一話，而且也有第三話，所以第二話自然而然就能寫出來吧。如果用這種安逸的態度來應對，第二話該呈現的東西就會出不來，還可能會變得相當無趣。為什麼？因為第一話和第三話都已經放入事件，所以第二話就不得不（？）加入說明。不管第一話寫得多麼有趣，如果第二話為了說明而拖慢了節奏，難道讀者還會有動力看到第三話嗎？這種問題該如何解決呢？

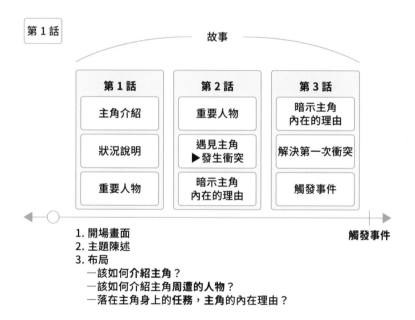

在第二話中，主角必須要遇見非主角的重要人物，並且發生衝突。這就是第二話存在的目的。以下，一步步拆解說明：第一話的內容通常是介紹主角與說明狀況，然後在主角

與主要人物見面的時候收尾。介紹主角與狀況說明，簡單用一句話來說，就是在解釋主角遇到的任務。如果已經提到主角和任務，那麼，主角接下來就會遇到很重要的人物。該人物通常都不會是敵人。如果他在第一話尾聲出現時看起來像敵人，那麼他其實很可能是同伴，雖然還需要經過一段時間。還記得之前在〈讀者說絲毫不好奇主角後來的際遇〉（參考 p133）中，有討論到假敵人和真敵人嗎？總之，第一話往往會在最後的橋段讓一個重要人物登場，並藉此引發讀者的好奇心。之所以讓故事結束在對新人物產生「他是誰？」的疑問，可能出於許多不同的原因；但最直覺且最有效的問題，通常都是和人物有關的。

在第二話中，重要人物會遇見主角並且發生衝突，不過如果一開始立刻表明：「我是你的同伴。」故事就沒有意思了。因此，作家會放入重要人物與主角的衝突來增添故事的趣味。在衝突進行的過程中暗示的內容，是主角的另一個理由。我想稱之為「主角的內在理由」。

遠藤達哉的《SPY×FAMILY 間諜家家酒》從二〇一九年起直到現在（二〇二二年六月），於日本《少年 Jump+》上定期連載。日本漫畫出版的市場依然是主流，所以在網路平台上的連載漫畫要獲得人氣並不容易，但該作品第一話的留言數竟然超過了兩千多則，反應相當熱烈。「代號名黃昏，他是一名非常擅長變裝的間諜。他接受一項任務，是要接近

國家統一黨總裁多諾萬・戴斯蒙德，刺探其危險的動向。為了接近戴斯蒙德，黃昏必須偽裝成名門學校的家長。為此，他需要一個假的家庭！」這就是簡略的故事大綱。實際上，這些內容全部包含在第一話（網漫第一至三話）的布局中。

可以從中輕易掌握主角介紹與狀況說明（任務：為了刺探目標危險的動向，要打造一個假的家庭）。不過，在第二話中一定會出現主角和主要人物發生微小（不嚴重的）衝突的內容，而在主角初次解決衝突的過程中，可以稍微瞥見主角的過去。為了讓讀者明白主角為什麼從事間諜的工作，而主角又是什麼樣的人，作家以非常短的篇幅來呈現了。這就是在暗示主角的內在理由。

主角表面上看起來是從事間諜活動的冷血動物，實際上並非如此。假如作家在第二話提早呈現出來，就能讓讀者對主角有更深一層的認識。不過也不能因為這樣，就沒頭沒腦地告訴讀者主角本來是這樣的人；所以才透過與主角一起（一開始引發衝突）的同伴來引發衝突，藉此推動第二話的故事。請別忘記，在第二話中，主角和主要人物之間必須發生輕微的衝突事件。

04

主角有兩個，
前半部的結構好困難！

不要忘記類型、
視角和緊張感。

　　大部分的寫作書籍都會主張主角只能有一個。但是從讀者和觀眾的角度來看，引導故事發展的角色明明就是兩個或者更多個。其中的差異在於「敘事者」和「緊張感」。

　　舉例來說：讀者在第一話認識 A 這個角色，也知道 A 遇到了什麼問題。另外，也認識了 A 遇到的另一個人物 B。這時讀者便明白，A 和 B 會成為主角。在第一話的最後，通常會以對人物的緊張感，也就是對 B 的緊張感來結束。連載型內容在第一話中最常出現的結尾高潮，往往都是「關於人物的疑問」。因為這麼做一次，就能將故事初期的人物介紹和衝突介紹呈現出來。

　　但從第二話開始，有些作家就會感到混淆。第一話已經讓 B 登場了，在第二話該說明多少關於 B 的資訊呢？最有效的方法就是在第二話中，以 B 的視角來進行故事。不需要針對 B 這個角色做太多的說明。太多的資訊可能會導致讀者不再好奇 B 是什麼樣的人、為什麼做出那樣的舉動。你應該也不希望如此吧？

　　在第二話中如果換成 B 的視角，請不要將焦點放在 B 是什麼樣的人上面，而是要將焦點放在已經於第一話中呈現出來的 A 和 B 之間的事件，說明其中的誤會。也就是將焦點放在狀況上面會比較好。

　　在第三話中，關於 A 和 B 的資訊都已經公開了。接下來會以跟事件相關的疑問來推動故事進展，像是「這次會發生什麼事？」之類的。將故事的焦點轉至接下來會發生什麼事情，也就是以事件為中心。這種第一至三話的架構是現代愛情故事通用的公式。

　　以下舉《乖乖女的戀愛指南》（作者：南琇）為例。在第一話中，出現了介紹主角鄭攸秀一板一眼個性的場景，還有介紹鄭攸秀朋友的畫面，接著是與男主角相遇的畫面。在第二話中，敘事的視角換成男主角的。同樣介紹了男主角是什麼樣的人，並以被女主角鄭攸秀發現自己的祕密作為該話次

的結尾。這是一種很理想的配置，因為在第二話改變了視角，所以在故事開頭，兩個主角都充分呈現出來了。

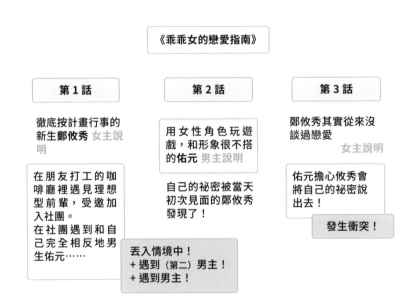

《乖乖女的戀愛指南》

第 1 話

徹底按計畫行事的新生鄭攸秀 女主說明

在朋友打工的咖啡廳裡遇見理想型前輩，受邀加入社團。
在社團遇到和自己完全相反地男生佑元……

第 2 話

用女性角色玩遊戲，和形象很不搭的佑元 男主說明

自己的祕密被當天初次見面的鄭攸秀發現了！

丟入情境中！
＋遇到（第二）男主！
＋遇到男主！

第 3 話

鄭攸秀其實從來沒談過戀愛 女主說明

佑元擔心攸秀會將自己的祕密說出去！

發生衝突！

作家介紹完主角攸秀是什麼樣的人之後，又將與她相遇的「佑元」怎麼製造出第一話結尾的狀況呈現出來，以（讀者的）疑問——「這個狀況之後會如何發展？」——為中心來製造故事初期的緊張感。

非愛情類型的狀況又有所不同。接下來一起看看，被評為愛情驚悚類創始作品的《奶酪陷阱》是如何進行的。故事以「（男主角）劉正為什麼會那樣？」的緊張感為中心來推動。分析第一到九話的內容會發現，雖然都是以女主角的視角來

陳述，但是中間還是經常會像推理故事那樣，穿插他們兩個人（男女主角）過去發生了什麼事情。作家在故事的前半部，並沒有呈現出劉正的想法。雖然有兩個主角，但是從前半部開始就只有女主角洪雪的視角。可以說是明確堆疊讀者對於人物的疑問的作品。

> 沒有在第二話改變視角時，通常是為了強化讀者對人物的疑問，而非對狀況的緊張感。

因此，在這部作品中，並不像一般愛情類型的作品在前半部用「這個狀況會如何解決」來營造緊張感，而是像驚悚類的作品，以「那個人是什麼樣的人」作為緊張感的主要來源。

因為有兩個主角而覺得第一到三話很難寫嗎？請別忘記類型、緊張感和視角。你的作品是哪一種類型的？在前半部應該營造什麼樣的緊張感？為了適當地呈現出來，應該用什麼視角來闡述？類型、緊張感、視角，如果按照這樣的順序來處理，就會比你預期的還簡單。

05

故事的起點,放在比較後面也沒關係吧?

內在的緊張感夠嗎?

　　最近,故事的起點出現得愈來愈早。幾年前,在第三話中出現的畫面,近來經常出現在第一話的結尾。連載作品的開頭節奏正日漸加快。但這樣的趨勢並不等於規則。只不過,身為作家應該要知道為什麼會這樣。為此,必須先了解有這類傾向的作品,第一至三話是以什麼為目的來建構的。一般來說,第三話會以衝突結尾,引發讀者好奇後續發展的懸念。第三話的內容往往會引發讀者心中的疑惑:「這是什麼狀況?」而第一話和第二話的內容,都是在介紹主角和說明周遭的狀況。

為什麼會聽到故事起點太晚出現的評價？

通常會在故事集中描述主角內在狀態時，聽到這樣的評價。也就是以圍繞在主角的狀態、主角的情緒為主，而不是介紹主角周遭的人物或是安插事件發生。雖然故事愈往後面發展，愈能仔細描述主角的變化，但總覺得某些地方還有缺憾。

第一至三話之所以用事件為主要內容，目的在於製造「緊張感」。在第三話事件爆發後，必須將主角被捲入事件時的慌亂與辛苦呈現出來。因此，會在第一至二話中，用事件來說明主角以及主角周遭的人物。在第一至二話中，在敘述主角部分，故事起點比較晚的作品和比較早的作品看起來並沒有太大的差異。除了後者是用事件來說明主角這一點之外。該怎麼做，才能同時描寫主角的情緒又製造緊張感？

《ONE》（作者：Lee Eunjae）的第一至第二話中，除了主角之外，沒看見其他人物。「主角去上學，在家裡讀書」就是全部的內容。關於學校生活的描述，其他人物也都像是背景，沒有展現出角色個性的人物。跟主角對話的人只有主角的爸爸，而爸爸跟主角說的話也只有：「你要像哥哥一樣考進好學校。」

這部作品的第一話沒有以事件為主要內容。反而默默地呈現出主角心中的焦慮。不過，在第一話的最後，出現了一

個重要畫面，足以喚起主角內在的緊張感，而不是情緒。看起來毫無情緒的主角，一邊聽隨身聽一邊捅自己的脖子，然後第一話就結束了。在這個畫面中，雖然沒有與其他人物相關的事件，卻一次就轉換了主角現在的狀態。之後作家藉由在第一話中出現的重要物品「隨身聽」，在第二至三話中，營造出主角逐漸往下墜落的氣氛。這個範例並沒有只聚焦在主角的內在狀態，而是藉由主角的行動和重要物件來製造「內在緊張感」。

《ONE》

第 1 話

主角的爸爸要求，得像哥哥一樣考進好學校，迫於壓力，主角過著只知道讀書的生活

＋聽著隨身聽
捅自己脖子的畫面

主角說明
提出角色問題

第 2 話　　主角說明

不知道怎麼寫的志願調查表。爸爸的壓迫。主角邊聽隨身聽邊想著哥哥，看見班上小混混欺負同班同學的模樣後，聯想到爸爸對待自己的模樣而大聲咆哮。發生衝突！

發生衝突！

第 3 話　　主角說明

被混混打的主角。雖然被混混欺負，卻只是擔心會妨礙讀書，並沒有受到很大的打擊。不過混混破壞了哥哥的隨身聽後，主角就揮出一記重拳

發生衝突！

　　如果煩惱故事開始點太晚，或是想當作練習，試著加快故事節奏，那麼就得重新看看你的分鏡。也就是檢查看看在第一至二話中（暫且不提故事的脈絡）是否由緊張感高的畫面構

成。即使沒有外在事件的敘述，是否依然能夠呈現出主角內在高度緊張的狀態？

《九數的友里們》（作者：西瓜小姐）是另一種範例。主角是三名同校的高中女學生（雖然還是有一個最積極引導故事發展的主角）。在第二至四話中，作家分別介紹了三名主角。（第一話是序幕，所以從第二至四話才是一般我們常說的第一至三話的內容。）在故事中簡略地陳述主角現在從事什麼樣的工作，而過去又度過什麼樣的生活。這種並列式的敘事也能在第三話安排觸發事件嗎？是的，可以做到。介紹三名主角的一至三話，可以說是其他作品的第一話。難道應該在第一話出現的主角介紹，能單純因為主角有很多個，就增加篇幅填滿三話的內容嗎？並非如此。所有話次中都有加入緊張的要素。在第二至四話中，作家種下了主角往後會煩惱的議題。等於是將「角色＋衝突」的模式重複了三遍，並不只是單純增加話次而已。

故事的起點是由作家來決定的。可能比較早，也可能比較晚。只不過根據情節緊張的程度，該說明的東西一定要說明才行，這點務必銘記在心。

06

什麼時候要取材？

作家需要的時候！

之所以無法斷定取材的時間點，是因為每個作家的故事種子都不一樣。起點不同，需要取材的時間自然也會不同。

如果作家已經確定了創作意圖呢？「我們社會中有許多隱藏的義士，但這個世界沒有好好對待他們。」為了讓這樣的種子發芽，馬上就必須著手調查。相關新聞、書籍、論文還有實際案例等，都要找來看。當然，如果能親自跟有經驗的人見面，聽當事者說故事，更能獲得豐富的靈感。就像這樣，調查和取材讓本來只有創作意圖的故事企畫更加具體。

如果是由人物開始的故事呢？「有一名體格小，看起

來很謹慎的中年女性。她曾是在明洞高利貸市場叱吒風雲的大戶，如今已經隱退，正在經營一間小下宿房[1]。」以下試著用這個角色構想來出發。作家想用這個角色作為故事的主軸，寫一部描述下宿群體人情冷暖的作品。

首先會安排各式各樣的角色，並且設定好角色之間的關係，掌握整體的故事走向。作家在前三話的故事中，安排主角發揮專長，協助下宿學生解決被非法討債的問題。雖然這個事件成為了下宿學生對主角敞開心扉的契機，但同時也成為了一個線索，導致從以前就一直在尋找主角的某個過去人物，發現主角現在行蹤。於是，在一個事件結束的時刻，又拋出了另一個新事件的相關線索。作家對這段故事相當滿意。整理成摘要後，自信感和動力也直衝上天。不過，寫好詳細的分鏡後，立刻就遇到了問題。該怎麼發揮「高利貸市場大戶」的經歷，才能幫助「為非法討債所苦的下宿學生」？作家發現自己對於這個問題毫無概念。實際上，連高利貸市場的真實狀況也不太了解。而非法討債，通常又都是什麼樣的人在做的？先試著加入曾經在某個地方看見的黑道角色來欺負下宿學生。然而，曾經是高利貸大戶的人，真的能阻擋黑道嗎？

唉！以為會進展得很順利。這時才驚覺，寫好的摘要根

1　韓國常見的租屋型態之一，提供餐食，必須跟其他人共用衛浴。

本什麼都不是，心裡非常失望，而且還很自責，覺得自己在毫無先備知識的狀況下，隨便擬定故事企畫。簡直快要崩潰了。作家做錯了什麼嗎？

其實，作家什麼都沒做錯。從現在開始調查就可以了。實際拜訪明洞的高利貸市場，也蒐集一些非法討債的案例就行了。如今這個時代，只要按幾次搜索鍵就能找到一個真實存在的人。故事的框架都已經架好了，一定也能找到符合你需求的資料。選取需要的資料來補全，讓故事變得更合理，然後再將不需要的資料剔除掉。在這個過程中，作家能對自己的企畫重獲信心，故事也能生出更生動的細節。

如果在調查的過程中，實在找不到能合理地將情節串連起來的方法，有時候也必須要更換整個事件。假設你安排了一個事件「下宿學生一買下股票後，股價立刻暴跌，結果一個小時內就傾家蕩產」。如果這是以當代的韓國作為背景的故事，基本上很難確保它的合理性。因為韓國股票市場有限制一天內的漲跌幅在 30％ 以內的規定，所以要在一個小時內賠掉所有財產，是近乎不可能的事。

雖然在調查過程中發現這項事實後，作家會覺得很茫然，但如果沒有調查，想必連修正的機會都沒有，會直接將完稿交出去。倘若連負責人都相信作家的創作沒問題，直接刊載出去，向你敞開的大概就是地獄的大門了。「因

為股票而在一小時內賠光所有家產的故事」可能會直接與幾萬名讀者相見。如果後續沒什麼狀況，真的是不幸中的大幸。但你無法保證不會有人把相關內容截圖下來上傳到社群媒體。那麼一來，你想要再修正原稿重新刊登也來不及了。我們生活的時代就是這麼可怕。在事前發現錯誤是非常幸運的事情。

那麼，難道要放棄這個故事嗎？如果是我，就會再取材一次。詢問了解金融市場的人，有哪些金融商品能讓人在一個小時內傾家蕩產，這樣不就好了嗎？如果你獲得資訊，得知只要把股票改成「賣權」（put option）即可時，便能將修改的幅度調到最小。

如果是以奇幻世界為背景，是不是就不需要調查了？跟以現實作為背景的作品相比，當然不需要仔細確認事實。只不過，有一點必須銘記在心。即使是以和現實世界的相符程度很低的奇幻世界作為故事背景，作家依然不是無中生有。那個世界也有那個世界的法律和道德規範，也有它自己的程序和行政。戀愛和結婚、生產和育兒、教育和獨立等，所有我們經歷的過程，在那個世界也很可能都在發生。事實上，作家幾乎不可能完美地獨立創作一個世界的所有組成要素。

奇幻類作家通常會從歷史中尋找素材。人類歷史上存在

著經歷數千年興亡的眾多文化圈。除了經常被使用的近現代歐洲之外，還有許多在建立獨立世界觀時可以參考的有魅力的區域歷史。這麼看來，奇幻類型或許才是最需要調查資料的類型。

07

擔心故事
會讓讀者有說教感

以下一起來檢視
三個部分。

　　讀者對說教的作品不感興趣，因為「教導」這個舉動本身就有階級之分。不過還是有例外——作家以特定讀者群為對象，設定一個角色來代言讀者，讓他去教導讀者不喜歡的對象，藉此獲得勝利。讀者會將自己的立場與作家畫上等號，因此會有一種高居於某人之上的感覺。這種方法也能吸引作品的人氣。

　　然而，難道只有你設定的族群會看你的作品嗎？如果擔心教化意味太重，請試著執行以下幾項內容。

❶ 讓主角親自行動

❷ 作家不要太站在主角那邊

❸ 不要讓敵人變得太可笑

　　第一、請讓主角親自行動。假設企畫意圖是「原諒傷害自己的父母」。在第一幕，主角會迴避傷害他的父母。某天，他突然收到一個記錄片演出的邀請，節目內容是「要體會父母的愛」。在第二幕，主角因為想成名而接受節目的邀請。藉此，他體會了父母的愛，並且在第二幕的最後詢問父母過去為什麼那樣對待他。在第三幕，父母真心祈求主角原諒。

　　如果作家在這個故事中放入教條式的情節，會怎麼樣？短篇作品中最常見的案例是，在第二幕後半段突然出現一個主角很喜歡的老師（通常是在第一幕一閃而過的人物），然後語帶悲傷地說出台詞，像是「有時候……大人也不知道該怎麼辦」之類的。接著主角受到感化後，體會自己的錯誤，並且原諒了父母。這類故事情節比想像的還常見，而且也不算是糟糕的案例。然而，當主角因為對方的一番話而豁然開朗並有所體會時，不覺得似乎少了點魅力嗎？感覺就像是一直等著要改變的樣子嘛。因此，使用這種情節時，需要謹慎思考，稍微做些轉換。假設老師不要把所有的內容都講完，而是給主角一些線索（突然發現日記本等設定也與這類發展有關）。藉由線索，讓主角「親自」找到變化的突破點。如果是這種走向，

就能避開作家在教育讀者的感覺。

　　第二、作家請不要太站在主角那邊。在故事初期，作家站在主角那邊也無妨。最危險的時刻通常在後半部才會出現。第二幕的後半部，主角掉落到最低點的時候，他自己必須要成長才行。他要體會自己犯下的錯誤，然後再往上爬。在主角的確需要反省的時候，依然不讓主角反省，反而是讓周遭的角色認為自己對主角犯了錯。看到這裡，你當然會覺得混亂。因為許多深受讀者喜愛的情節，就是在後半部讓所有人對主角道歉，最後大家都成為同一邊的人。這種狀況不太一樣。主角的確犯了錯，而且眼前明明就是讓主角成長的機會，結果卻讓其他角色把機會搶走了。請務必給予主角成長的機會。

　　第三、請不要讓敵人變得太可笑。這本來就是需要注意的地方，但最近許多高人氣作品中，經常會出現這種狀況，所以也不能說這樣的設定完全不有趣。然而，非主要讀者群的其他讀者看到時，可能會覺得不太愉快。我不認為教化的態度不好，只是一定要知道：教化態度會拉近角色和作家之間的距離，而那種角色看起來很不錯，卻非常有可能變成無趣的角色。

雖然由作家親自將作品上傳至平台，供讀者閱覽的獨立連載型平台正快速擴張市場，但是仍然有許多作家希望將作品交由網路漫畫及小說的專門平台連載。若想在專門平台上連載，大致上有兩個方法，那就是積極參加徵選和投稿。這兩者都需要一定稿量的原稿和企畫書。

這時候需要的不是作家為自己寫的筆記，而是能銷售自己作品的企畫書。不過，企畫書的頁數也不多，寫起來怎麼會這麼困難？從寫企畫書開始到檢閱合約，只要一步步往前推進，引頸期待的連載就在眼前了。稍微再加點油！

PART **6**

準備連載 篇

為了順利連載
還需要些什麼？

01

有原稿，但沒有企畫書

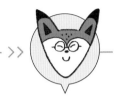

不對，其實你有企畫書。

　　徵選雖然能保障你正式出道為作家，但要準備的、要花心思的事情也很多。不過，原稿才是作家真正的武器。A作家好不容易在徵選期限就快截止之前，完成了平台要求的原稿分量（一般來說，網漫會要求已經完成的三話原稿，網路小說會要求十五到二十話的原稿）；但快樂只是暫時的，他這才發現徵選的必備項目中有一項是「企畫書」，忍不住大叫出聲來：「現在怎麼寫得出企畫書！」

　　怎麼寫？直接寫就好啦！原稿都完成了，還有什麼好擔心的？你認為當事人感受到的是要在白紙上創作的茫然嗎？並不是的。作家已經有企畫書了。的確是企畫書，只是還沒

整理成具體的形式罷了。

這裡要稍微暫停一下。「作家用」的企畫書和「投稿用」的企畫書不同。因為讀者和用途都不同。作家的企畫書是寫給自己看的。等於是創作用的記憶倉庫。寫的是在未來的漫漫旅途（連載）中不能忘記的東西。只要作家不在意，就算內容很凌亂、沒有條理，甚至在事件之間有矛盾存在都沒關係。可以有三種結局；煩惱要不要添加某個角色時，也可以每天寫上去又塗掉；檔案名稱不是「企畫書」也無妨；甚至不用獨立的檔案來記錄也不會造成什麼大問題。

許多作家會選擇 Notion、Evernote 和 Trello 作為記錄創作的工具，或是活用 Storyplotter 等專門為創作開發的手機應用程式。有些作家會在社群媒體上開設只有自己能閱覽的私人帳號，隨時上傳想到的點子、設定或台詞；也有些作家因為操作起來方便又簡單，而選擇使用記事本來做記錄。**作家用企畫書的重點在於，記錄創作時需要的構想和資訊，並且搭配創作的階段更新記錄**。我敢保證，完成初期原稿的作家，一定都有自己的記錄。

投稿用的企畫書不一樣。讀者是能讓你的作品連載的人，用途在於推銷。就像電視劇編劇需要電視台那樣，網漫和網路小說作家需要能上傳作品的平台，或是能為平台與作家牽線的經紀公司。雖然有一些獨立的連載平台——像是

POSTYPE 和 dillyhub——開放作家直接上傳連載作品,但參與徵選和投稿的時候,一定會由某個人來選擇你的作品。

站在平台的立場,不可能無限制的接受作品。必須選拔連載作品,但是考量到連載作品的特殊性,又很難要求作家提交完結的原稿。這就是企畫書為什麼很重要的原因。作家必須透過企畫書,有效地傳達自己想連載的作品是什麼樣的內容。講得更直白一點,作家必須推銷自己作品的優點,讓該平台認為你的作品是必選之作。因此,投稿用的企畫書要寫得很吸引人,並且刪除「未定」的部分。「結局可能會改」、「這個角色設定尚在考慮當中」等這類內容不用特意寫出來。反正企畫書只是企畫書,並不是完美到滴水不漏的設計圖。平台也深知這一點。我們該做的事情就是盡可能將「現有的東西」整理得方便閱讀,凸顯出作品的魅力。

撰寫企畫書的祕訣

- **名字**（筆名）即使是練習作品或是實習作品，作家名稱依然很重要。
- **作品名稱** 絕對需要。投稿時不能用「無題」（沒有題目）。
- **類型** 自由標記即可，要寫得淺顯易懂（不容易理解的案例：清爽的日常故事、沒有規則的最強奇幻等）。
- **目標讀者群** 十幾歲出頭，十五六歲，十八九歲，或是大學生、上班族等，盡可能寫得仔細一點。一般來說，只會寫「十幾歲」，但是十一歲的讀者和十九歲的讀者閱讀喜好完全不同。需要時，可以連性別一併標記。
- **一句話大綱**（簡單的摘要）盡可能將故事濃縮成三句話左右。
- **企畫意圖** 你為什麼要創作這個故事，你想對閱讀這個故事的人傳達什麼內容。「想畫很多帥氣、美麗長得好看的角色」這樣的理由可能不太充分，但「想藉由帥哥美女的趣味日常，帶給讀者視覺上的饗宴和替代性滿足」就充分能作為一個作品的企畫意圖。
- **摘要**（大綱）寫下事先寫好的摘要。

- **角色介紹** 放入事先寫好的角色表單（簡介）。繪製角色頭像或半身圖，除了平常（預設）的表情之外，再多畫幾個有特色的表情，或是表露代表性情緒的頭像。放入身著平常服飾的全身（站立姿勢）圖，如果是像變身類型的作品那樣很重視服裝造型的作品，可以再多放幾張角色穿著重要服裝的圖片。若是跟完成的原稿一起提交，則不需要在角色表單裡放入太多圖片，因為原稿中已經可以看見角色多元的面貌。只不過，如果是要從網路小說或是電視劇等其他形式的內容改編成網路漫畫，因而要求作家撰寫角色表單時，最好能提供比這更詳細且豐富的資訊。這時，有必要向相關業者詢問角色表單所需撰寫的細節。

02

劇情摘要有點長
也沒關係吧？

盡量短一點。

　　寫劇情摘要的時候很容易掉入的陷阱就是長度（篇幅）。經驗不多的新人作家容易擔心摘要太短顯得沒有誠意，所以如果沒有篇幅限制，往往會盡可能寫長一點。長五十話的網漫，還有人摘要寫到超過十張 A4 紙。有熱忱很好，但是這很難被看作摘要。如果是作家寫給自己看的摘要就無妨，但若是要給第三者看的，問題就大了。首先，對方不太可能仔細閱讀。如果你朋友拿了篇幅長達十張 A4 紙的故事過來，要你一字一句仔細幫他讀，你鐵定會覺得很有負擔吧。更何況是要在短時間內閱讀數百篇企畫書的徵選審稿委員或是投稿負責人？

因此，投稿用的摘要長度不能造成讀者的負擔。大約半張到一張 A4 紙的篇幅是比較恰當的。你可能會覺得愈短愈好寫……這很難說。聽說哲學家帕斯卡在寄給朋友的信件中寫道：「我沒時間把信寫得短一點，內容太長還請你見諒。」可見要寫得短，相當困難。因為必須清楚知道哪些內容重要，哪些內容不重要。寫摘要的過程，等於是在訓練作家重新深入檢視故事的主軸。

濃縮長篇摘要是有訣竅的。

主角 X 抵達第一顆星球。在那裡認識了初次見到人類的外星人 Y。起初 Y 很害怕 X，後來很快就打開了心房，邀請 X 到他家作客。（中略）主角 X 抵達第二個星球，那上面什麼都沒有。X 迷路後發現一座小火山，並走過去看。（中略）主角 X 抵達第三顆星球……（以下省略）

如果你創作的是短篇作品，用以上的方式摘要也無妨。短篇摘要是將原本就不長的故事濃縮得更短，所以密度自然會比較高。這等於是將長三十分鐘的影片濃縮成十分鐘。相反地，撰寫一百話以上的長篇摘要時，就像是將十六集的迷你電視劇，濃縮成十分鐘一樣。

因此，如果按照上述方式詳細摘要每一集的內容，就會發生兩個問題。

第一、如前述所說的，篇幅太長，讀者吃不消；第二、在作家確定故事中所有話次的細節之前，都沒辦法完成摘要的撰寫。因為編撰長篇所有故事的事件架構，並且確保內容合理，必須要耗費大量的時間，所以投稿的速度也會變慢。

就結論來看，我建議各位使用以下的形式來撰寫長篇故事的摘要。也就是，比起事件的架構，更著重於描述整體故事中相關事件具有的意義。

主角 X 到許多星球上旅行，認識了很多外星生物，他以為這能減少心中的孤獨，沒想到反而愈來愈孤獨，令他詫異不已。

創作者往往想將自己故事中有趣的部分都寫進摘要裡面。然而，趣味大多是來自於細節。作家如果隨心所欲地詳細寫下有趣的情節，細節就會太多，導致摘要篇幅失控，而過長的摘要會引起讀者（審稿委員、負責人）的反感。

長篇摘要最多能做到的，就是凸顯出故事架構的完整度。雖然沒辦法將腦中很出色的內容都呈現出來，真的很可惜，但是你還有原稿。在原稿中充分展現出細節的魅力吧。

03

第一次寫
劇情摘要！

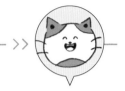

所以，我們準備了新手專用的四階段摘要撰寫法。

　　企畫書中大致包含類型、企畫意圖、一句話大綱、摘要、角色說明。如果分成兩大部分，類型、企畫意圖和一句話大綱是第一個部分，而另一個部分則是摘要和角色說明。第一部分呈現的是作品的方向。要讓人能一眼就能看出來，這個作品是什麼樣的風格，能補足該投稿平台的哪一個領域。尤其是一句話大綱，最需要呈現出作品的精彩之處。

　　接著來看看，摘要和角色說明。本篇文章是為了「新手」撰寫的，所以會從企畫書的格式整理開始，一步步說明。這也是新手作家，首先要進行的工作。務必記得，企畫書也是作品的一部分。當然要體貼讀者，如果不假思索地寫出一篇

長文，除了你身邊的幾個朋友之外，大概沒有人想讀。不對，可能連你的朋友都會放棄。

我們一個階段一個階段，來了解看看吧。

第一個 5 階段 ▶ 將故事分成五個段落（起－承－承－轉－合）

這是最一開始要做的事。一般來說，都是分成起－承－轉－合四個段落，但是像網漫或者網路小說這種連載型的故事，最有趣的地方往往在於「承」的部分。因為作品前期角色如何成長相當重要，所以才多加了一個「承」的段落。

我按照這個分法，寫了一篇文章。

起　一九八〇年代，江原道的鄉下村莊，突然發生了一起連續殺人案件。在首爾因為貪汙問題而被調派到江原道的警察洪成植，負責調查這起案件。村裡的居民看起來都像一家人一樣相當親近。不過，村裡隨處可見的動物石像和人們的笑容，卻帶給成植莫名的違和感。

承　成植在研究動物石像的時候，遇見了村長的兒子金智元（十八歲）。他頭腦很聰明，平常就讀於市中心的高中，只有週末或放假的時候才會回到村裡。成植在智

元的背包上看見動物圖樣，發現那圖樣跟村長家裡的一模一樣。智元和連續殺人案件的第一個受害者李在浩（十八歲）年紀一樣大，所以他們的考試成績，總是被拿來互相比較。

承　成植後來發現，村裡的每戶人家中都畫有動物圖樣。有些家畫在圍牆上；有些家畫在房間裡；有些家畫在門檻上。成植對照了動物圖樣和受害者名單，發現受害者全部都來自於有黑狗圖樣的家中。而且也在追查村民的過程中，發現村裡每一年都會舉辦某個活動。那個活動即將在一週之後舉行。成植有股強烈的預感，在活動中，其他家裡有黑狗圖樣的人全部都會遭到殺害。

轉　成植發現村裡唯一一戶擁有「紅豬」圖樣的人家。那是村裡巫婆居住的家，只有老巫婆尹順玉住在那裡。成植前去拜訪順玉，請她提供追捕連續殺人犯的線索。成植在順玉的幫助之下，認定智元是殺人兇手並且逮捕了他。然而，智元卻大聲喊叫，求成植放了他。

合　一切的真相都被揭開了。其實連續殺人案的第一位受害者李在浩，是尹順玉成為巫婆之前生下的兒子。雖然沒有任何人知道這件事，但順玉是為了見在浩才來到這個村子，而智元在這裡殺了在浩。由於其他人都幫助智元掩蓋在浩受害的真相，順玉才犯下連續殺人案。

第二階段 ▶ 替每個段落下小標題

現在要為每個段落下小標題。小標題在漫畫分鏡中扮演重要的角色，所以在紙本上，要用很顯眼的大字粗體寫上去才行。小標題會根據作品的特性而有所不同。如果覺得下小標題很困難，我推薦大家，試著用事先告知讀者該段落會有哪些內容的方式來下標題。

例如：「一九八〇年代，村裡發生連續殺人案」這並不是好的標題。「一九八〇年代，發生連續殺人案的村裡出現了一個貪汙的警察洪成植」這類的風格比較好。不要在下小標題上花太多時間，先寫下來，之後重看整個企畫案時，可以再進行修改。

第三階段 ▶ 重新將下了小標題的段落分成三個段落

接下來，要將下了小標題的段落重新分成三個段落，這跟寫第一話的分鏡有點類似。下了小標題的段落，請按照以下方式再分段：第一個段落是說明主角或狀況的段落。第二個段落是問題擴大的段落。第三個段落是讓人好奇後續發展的段落。

一九八〇年代，江原道的鄉下村莊，突然發生了一起連續殺人案件。在首爾因為貪汙問題而被調派到江原道的警察洪成植，負責調查這起案件。村裡的居民看起來都像一家人一樣相當親近。不過，村裡隨處可見的動物石像和人們的笑容卻帶給成植莫名的違和感。

一九八〇年代，江原道的鄉下村莊突然發生了一起連續殺人案件。警察洪成植因為在首爾犯下收受賄賂的罪行而被調派至江原道，負責調查這起事件。洪成植其實不是壞警察，他比較接近於「愚蠢的警察」。適當的良心、適當的貪汙、適當的工作量。其實這次收受賄賂的事情也不是他做的。他只不過是掉入前輩設下的陷阱。前輩跟他約好，說他只要先去江原道待著，之後就會把他重新調回去。洪成植並不相信這番話。不過，如果他解決了這起連續殺人案件，別說是回首爾了，聽說他甚至有可能升遷。總是懶洋洋地躺在警察局角落的成植，頓時眼睛發亮。

　　這是上述案例中「起」的段落。光看內容沒什麼可挑剔的，不過很多資訊都被濃縮了。我根據分段落的方法重新修

正了「起」的第一個段落。感覺如何？是不是覺得主角的個性和欲望都更明顯地呈現出來了？

第四階段 ▶ 檢查小標題和段落的最後一個句子

接著，檢查以粗體標示的小標題和每個段落的最後一個句子。在小標題中引發人好奇心的問題，是否在最後一句提供解答？光看這個部分就能整理出內容嗎？如果可以，就代表你成功了。

04

爲什麼需要一句話大綱？

>>

為了能一眼看清故事的結構。

一句話大綱，現在已經成了所有企畫書都不可省略的要素了。非常多寫作書籍都會出現「請用一句話描述你的作品」這樣的句子，對吧？因此，大家可能會將一句話大綱看得太簡單，實際上，卻不知道真正有趣的一句話大綱是什麼。想知道要怎麼寫，才能寫出有趣的一句話大綱嗎？我能告訴你，要怎麼寫才能看出自己哪裡還有不足。如此一來，你就會知道該怎麼寫出有趣的一句話大綱。

「⋯⋯於是⋯⋯」你是不是用這種句子來替一句話大綱收尾？這種結尾是作家故意要引起讀者或是觀眾對後續內容的好奇心，才刻意不說完整的，並非作家話說不清楚。在描述自己的作品時，用這種企圖引發他人好奇心的句子來結尾的作家，比想像中的還多。仔細想想，這也是很理所當然的事。因為一直以來，我們都是站在讀者的立場來看其他作家提交的摘要。從沒看過作家寫給作家，或是作家寫給編輯（負責人）的摘要。因此，才會寫出這種引發他人好奇心，最後用刪節號來收尾的一句話大綱。

作家至少都知道自己作品的摘要和一句話大綱最後應該如何收尾，所以才會用「A 為了 B 做了 C 的故事」來描述。不要從一開始就企圖寫出有趣的一句話大綱，而是要找出能呈現故事骨架的內容。

A	主角介紹	第 1 幕
為了 B	欲望設定	第 2 幕
做了 C 的故事	最後解決	第 3 幕

像這樣整理一句話大綱所需的內容後，就能知道自己的作品大致上是往哪個方向發展。即使如此，還是有許多志願成為作家的人或是學生在寫一句話大綱時，漏掉「為了 B」

或是「做了 C 的故事」。也就是說，故事中直到第二幕衝突之前的情節他們已經想過了，但是最後要下什麼結論，他們還沒有想到；或是雖然已經下了結論，卻不曉得該如何描寫第二幕衝突的狀況。

所以藉由上述的方法，作家就可以知道自己大致描繪過的故事結構中，缺乏了哪一個部分。如果少了 B，哪怕有點勉強，也要寫出與敵人之間的衝突；如果少了 C，就要試著想想情節的高潮。

接下來看看，主要推動故事的構想。有趣的一句話大綱的共通點，是主要推動故事的構想多有趣，也就是說，故事必須展現衝突，衝突愈大愈有趣。「如果主角 A 面臨 B 的情況，會怎樣？」仔細分析就會發現，我們在第一話到第三話所構想的內容（所謂的主要推動故事構想）都在講這個情境。也就是說，來到情節點 1（架構點 1）之前的緊張感都可以依照這個構想來概括。現在，你可以依照上述的格式來整理第一話至第三話的場景構想。你可以列出主角與情況不相符，也就是主角與情況之間高度衝突的格式。有時候，你已經向讀者傳遞了許多內容。如果標題已經強調該作品內容是在重新詮釋經典或者神話，而一句話大綱只是作為輔助說明，那麼比起主角和狀況，更能聚焦在自己覺得有趣、有魅力的重點上。最重要的是，這種一句話大綱不需要什麼技巧。它的功能只在於，確認自己的設定是否有趣罷了。

05

公司要求提交整體大綱，
該怎麼做？

>>

如果你考慮簽約，
當然要提交。

　　志願當作家的人，在撰寫企畫書的過程中經常犯下的錯誤之一，就是大綱只寫到第二幕的結尾，把後面的結局省略掉。

　　☆☆後來才意識到自己對○○犯下了無法挽回的失誤，他抱著丟失性命的覺悟，跟隨○○走向敵人的巢穴……！

　　這是廣告用的大綱。在電影院的電影文宣上，寫的都是像這樣省略結局的大綱。理由很簡單。觀眾如果事先知道結

局，就會失去觀影的興致。商業廣告的目的在於吸引顧客購買商品，所以會在廣告對象最好奇的部分切斷訊息。

上傳至平台的網漫和網路小說的「作品介紹」也是同樣的道理，都不會告訴讀者故事的結局。

有魔法又有龍……我們多少都有點了解的某個世界。

山谷中的少女貝拉夢想成為龍的新娘。

「瘋狂的人類竟然妄想成為龍的新娘，

那麼她當然是人類中最強大又美麗的人囉！」

貝拉一心只想成為龍的新娘，為此她努力精通所有的武藝和雜技，

只不過，龍先生的狀態不太尋常耶？

「肚子餓，想吃……唉，好煩，我要睡。」

（省略）

暴走的日常，還有在那背後逐漸顯露出來的，龍隱藏的過去。以求婚開始的漫長旅程，貝拉最後是否能成為龍的新娘呢？

這是摘錄自《與龍結婚》（© 月光私釀團／Syuto）在 KakaoPage 的「作品介紹」。結局的部分是空白的，對吧？

　　身為讀者時，經常接觸到的劇情大綱都是上述這種形式，所以自己在寫作品摘要的結局時，也可能會煩惱是否要採用類似的形式來撰寫。不過，請別忘記，作家寫的摘要用途並不在於廣告。作家寫摘要的理由大致上有兩個。第一、是為了輔助創作過程；第二、是為了說服購買你故事的對象，也就是徵選的審稿委員或是平台的負責人。

　　作家為自己寫的摘要，當然會有結局。因為你沒必要引起自己的好奇心。雖然偶爾會有作家因為自己記得故事中所企畫的一切細節，所以選擇不寫摘要，但對99％的作家來說，這是不可能的事情。

　　重點在於後者。寫給徵選審稿委員或是平台負責人的摘要，也一定要有結局。你擔心連結局都說出來，公司可能會偷走你的故事嗎？我知道作品對創作者來說有多麼重要，所以可以理解你的心情。但是你也必須理解平台的立場，如果不知道結局，他們沒有辦法判斷是否要連載那個作品。沒有結局的故事是無法評斷的。即使故事發展緊張感十足、相當有趣，如果在最後告訴讀者「這一切都是一場夢」，終究還是會改變讀者對整個故事的評價。

　　有時候省略結局，可能是因為作家還沒決定好結局。不過深入探究「還沒決定」這句話時，就會發現你並非真的沒有定下故事的結局，大多都是還沒具體想好要藉由什麼樣的

事件來推動故事，也沒有想好要如何推動。摘要中的結局並沒有那麼難寫。以旅程來比喻，只要標明「抵達釜山」就可以了。你不需要在摘要的部分就仔細寫出「搭乘幾號高鐵班車的第幾節車廂第幾號位置，於幾點幾分抵達釜山」。

如果你還是覺得在摘要寫出故事的結尾很有負擔，那麼先不談論其他部分，試著想想有關主角的內容。在所有的旅程都結束之後，你的主角有什麼樣的變化？他成為了什麼樣的人？他得到了什麼樣的東西？還是失去了什麼？

- 不再孤單
- 成為真正的教育人士
- 失去對世界的信心
- 獲得真正的友誼

這些都很好，就這樣寫在摘要的結尾吧。那就是你的故事的結局。

對我的作品沒有明確的信心

這可能是出於以下三種狀況之一。

有時，我對作品的信心會變得很薄弱。在故事都已經編好，要正式進入原稿創作之前，經常會有這樣的煩惱。不曉得這麼說，能不能安慰到你，但即使是連載過許多作品的作家也會遇到同樣的狀況。不過，這樣的恐懼是從哪裡來的？雖然聽起來可能很矛盾，但當主題意識愈明確的時候，也就愈煩惱。那麼，創作者究竟是遇到了什麼樣的狀況？

第一、可能是作家對於至今所探討的問題意識還沒有足夠豐富的觀點。假如作家想講的故事是在以物質為優先的世界中，還是應該珍視人的存在。這個主題涉及的層面

是非常廣泛的。相反地，作家深入思考這個主題後產出的結果和作家實際經歷的世界差異非常大。這亦是李鍾哲在《理貨》中探討的議題。理貨是該作品的標題，在韓國專指貨物裝卸的工作。作家表示，即使是在勞動者比起自己的身體，更須優先顧及貨物的世界中，勞動者的身心還是需要得到關照。這部作品是作家以自身的經驗為基礎來創作的，作家說他每天都會整理自己的想法作為創作的參考資訊。有些作品就像《理貨》一樣，作家的親身經驗愈豐富，作品的真實性就愈高。但並非只有作家的經歷才能加深故事的濃度。接觸相關主題的記錄片或者閱讀記實類的文學，也是能拓寬對該領域見解的好方法。小說類的虛構文學融入了作家個人的觀點，所以在參考時必須考量到作家的創作意圖，但非虛構的記實類作品就不需要擔心這一點。因為當事人的發言照樣被記錄下來，所以有很多可以深入思考的內容。

第二、除非是要創作（《理貨》之類）寫實作品，不然必須檢視作家個人的想法，是否在作品中赤裸地表露出來。「我討厭家人！所以要試著喜歡家人看看！」沒有這樣的作品。沒有任何作品會這樣表達。「我討厭家人！所以我要逃跑！不過實際離開家人，歷經種種冒險後，才體會到家人的珍貴！」這類的作品占大多數。在「家人的意義」這一主題意識之上，必須加入「冒險」的設定才行。

　　第三、雖然你中途可能會洩氣，但繼續做下去就對了。並非所有的作品都能迎來連載和出版這樣的結局。作品如果沒辦法出版，就失去意義了嗎？並非如此。要累積練習的作品，才能創作出完整的作品。不管是什麼樣的作品，只要產出了就是有意義的。好，不要想太多，先畫畫看吧。

這個合約
條件好嗎？

>>

要看全文
才有辦法判斷。

　　長久以來，都懷抱著成為作家的夢想努力奮鬥，最後終於要簽約了。但當合約書就擺在眼前時，各種未曾想過的煩惱又瞬間湧上心頭：「這樣真的好嗎？」、「其他人也是用這樣的條件簽約的嗎？」、「這個金額是不是比其他人少非常多？」等等。雖然業主說他們對新人作家都是提出這樣的金額和條件，但你一句話都聽不進去，彷彿一切都是謊言。心裡的焦慮愈來愈深，卻哪裡都找不到讓內心舒暢的答案。網路上充斥著的盡是「被業主騙了」、「受騙簽約」、「作品被搶走了」等非常可怕的內容。

　　會有這樣的煩惱，是因為你沒有在業界工作的朋友嗎？

並不是那樣。不論關係再怎麼親近，簽約金額仍然是很敏感的問題。更重要的是，合約條件並不能單單以金額來評斷。不同的作品，有利的條件也會不同，而且作家個人的喜好也會成為評斷標準。除此之外，有些條件在上架（初次公開）之前，尚無法判斷是對哪一方比較有利。

我舉一個簡單的例子來說明：假如有一個合約是每一話支付一百萬韓幣，而另一個合約是每一話支付一百二十萬韓幣，一般都會認為當然是後者條件比較好。不過，如果前者簽約期間為兩年，後者卻是二十年呢？若是如此，狀況就變得不同了。考慮到在漫長的二十年當中，該作品和作家的自由都會受到限制，前者的條件可能還比較好。相反地，如果作家對提出後者條件的公司相當信賴，那麼也有可能會選擇後者。簽約屬於私人行為，所以，基本上他人沒有辦法干涉。

合約書沒有正確答案，亦沒有模範答案。就算有完美符合作家利益的合約書，那也不會是正確答案（因為其內容，勢必對公司方來說有些難辦）。有些作家以不滿意金額為由，質問合約的公平性。然而，公不公平跟有利與否，嚴格來說是不同領域的問題。即使初次收到的合約書上有作家不滿意的內容，也不代表對方公司就是糟糕的公司或是惡劣的公司。只要提出請求，修正或是刪除相關項目就可以了，不需要太緊張或是害怕。

在討論合約書的內容時，作家和平台都必須在自己的利益上稍作讓步，直到雙方達成共識。當然，作家是個人工作者，跟公司相比確實有許多不利之處。相關知識和經驗也不足夠。雖然想在協商過程中找到中間點，卻很難搞清楚中間點究竟在哪裡，更重要的是，根本就不太了解合約書本身的內容。

為了保護自己，合約書上的許多內容，作家都必須花心思去確認。合約期間結束後，是否自動續約，還是要另外再協議？如果沒趕上連載或是聯絡不上作家，作家是否要以金錢賠償公司的損失？作品版權銷售至海外，或是改編成其他類型的作品時，作家是否能分紅？如果分紅，能分到多少？又會以何種方式來支付？業者是否有權利單方面解除合約？有沒有影響很大的項目？像是「如果因為作家的過失導致連載中斷，過去作家收到的稿費必須全數退還」等，這些都必須一一確認。

最好的方法是，哪怕只有一點點模糊，只要是沒有完全理解的部分，就親自向公司詢問，聽聽看對方如何答覆。連載合約屬於個人合約，所以一旦在合約上用印，幾乎不可能再做出更動。作家自己如果有搞不懂或是無法接受的部分，即使得晚一些簽約，還是一定要推遲簽約，確認清楚才行。這時候與合約書相關的協調內容，請務必使用書面（電子郵件）形式來進行，藉此留下證據為佳。

　　我經常遇見當事人覺得很丟臉，不好意思一直向負責人提問的狀況。直到作家完全理解之前，清楚向作家說明合約內容，本來就是負責人的義務，因此不需要擔心這個部分。只不過，在提問時要盡可能具體一點。「我是初次簽約，不太曉得這個項目和那個項目是什麼意思。」、「這個項目在我看來似乎是這樣的內容，如果我那麼做時，好像會發生這樣的事情，不曉得我的理解對嗎？」為了獲得明確的答案，請具體且鄭重地提出你的問題。不需要擔心對方會作出「如果你那麼愛找麻煩，乾脆不要簽約了！」或是「你明明只是新人，也太高傲了吧？」之類的反應。如果對方真的是那種公司，還是不要簽約比較好，以免未來遇到更大的困難。業界持續在成長，有很多能實現你夢想的公司。

迷你課堂

了解簽約用語

1. MG（Minimum Guarantee）

業者支付給作家的最低保障金額。簡單來說，即使作品沒有賣出任何付費內容，業者還是要支付合約上的金額給作家。

2. RS（Revenue Share）

業者支付給作家的利潤分配比例。如果作品賣出付費內容，就會按照這個比例分配利潤。不過在分配利潤時，會先扣除已經支付給作家的**MG**。

由於**MG**的扣除會根據合約條件來做調整，方式相當多元，所以本書不進一步做具體的探討。如果想更具體了解合約書上的各種用語和案例，比起在網路上搜尋，我更推薦各位直接參考《網漫作家交了律師朋友》（尹英桓等人，海洋出版社）及《專精網路漫畫合約》（李英旭等人，尋路出版）這兩本書籍。

作家可以諮詢及討論合約書內容的代表性官方管道如下。

韓國藝術人 福祉基金會	www.kawf.kr	

公平貿易 綜合諮詢中心	tearstop.seoul.go.kr	

京畿道文化產業 振興院	www.gcon.or.kr	
元宇宙互助合作 支援中心	dcwinwin.or.kr	
韓國漫畫家協會	www.cartoon.or.kr	

夢寐以求的連載開始了。以秒爲單位，等待第一話上傳的
瞬間，然後截圖作紀念；一一閱讀每一則留言，心中滿滿
的感激，不禁熱淚盈眶，這樣的時期……很快就過去了，
快得出乎意料。沒多久就回到現實中。
馬上就要繪製下一話，卻覺得故事的發展不有趣。到了
應該說明主角過去的時機，但那是原本企畫書中沒有的
內容，實在沒什麼自信。想盡辦法讓故事進行下去，結
果配角變得愈來愈多。最重要的是，原先以爲只要連載，
就會立刻大受歡迎，成爲明星作家，但讀者的反應卻不冷
不熱的。「我搞砸了嗎？」、「這個連載要趕快結束嗎？」
在你草率地做出決定之前，先暫停一下，深吸一口氣，
然後讀讀看本章節吧。

一定要讀留言嗎？

優先考量作家的
內心狀態。

　　網漫和網路小說這類連載內容，可以透過留言即時了解讀者的反應。沒有作家能篤定地說：「我完全不會受到留言影響。」不論再怎麼想保持平常心，當你的作品原本有一百個留言，卻突然在某一話只剩下孤零零的三個留言時，你一定會困惑不已。當然，留言數量並非愈多愈好。如果最新一話上傳後，突然有一千個以上的留言，你會有什麼反應？想必比起興奮的心情，你更會害怕地掐住自己顫抖的心臟，仔細閱讀留言。

　　連載作品是向讀者傳遞訊息的過程。而留言則像是確認寄信和收信有沒有按照作家的意圖進行的窗口。如果留言

中滿滿都是和作家的意圖完全相法的解讀和反應，作家就必須重新思考，並且看後續發展的方向。除此之外，閱讀留言還有其他許多的好處。有時候作家會透過留言獲得創作的靈感；有時候讀者溫暖的反應，也會讓作家覺得辛苦的創作過程相當值得。

即使如此，作家也沒有義務閱讀所有的留言，而且更沒有義務將留言內容反映到工作中。重點是作家現在正在連載作品。每週都要創作原稿，簡直辛苦到快喘不過氣來。不僅身體疲倦，連內心也相當疲憊。在這種狀況下，如果看到和自己的意圖完全不同的解讀，或是對角色充滿惡意的言語，只會增添不滿和無力感，別說要更努力工作了。這既不是讀者的錯，也不是作家的錯，但這些情況，還是有可能會讓作家失去工作的動力，或是有損心理健康。創作的過程，透過消耗作家的身體與心靈為資糧，所以不論什麼時候，都要以作家的健康為優先考量。請務必保護自己，不讓自己在精神上受到傷害。

新人作家更需要留意的是，留言中毒。應該要創作或是要休息的時候，卻總是在確認新上傳的留言，隨時回應讀者的回饋。事實上，所有作家在剛出道的興奮心情尚未消退的狀態下，都經歷過類似的狀況；但如果持續太久，就會造成問題。

因此，取得平衡相當重要。作家如果想了解讀者的回饋，藉此創作出更好的作品，我建議在中間多加一個過濾器或安全網會比較好。可以麻煩信得過的同事或是朋友閱讀留言，再將作家務必知道的內容轉達給你。也可以請連載的負責人幫忙。雖然有些負責人不需特別交代，也會主動轉達重要的回饋，但作家如果開口拜託，表示自己「不會親自閱讀留言」，那麼負責人很有可能會多花點心思更仔細地幫忙過濾。不過，這種事情會參雜個人的觀點，所以不見得和作家的意見一致。

比起積極參考留言，有些作家選擇透過集體評論小組，或是另外拜託友人審稿等方式來蒐集讀者的回饋。請嘗試看看各種不同的方式，找到其中最適合自己的方法。

02

配角愈來愈多

>>

本來就是這樣。

　　在短篇中，不要安排太多配角比較好。主角、主角的同伴和敵人，大約各安排一個人是最理想的。當然，有些配角既不幫助主角，也不欺負主角。不過，現在講的「同伴」和「敵人」的概念，跟我們在日常生活中使用的詞彙稍微不一樣。判斷的標準更接近於在主角解決故事核心問題的過程中，他們是給予主角幫助，還是妨礙主角。與其在短篇中刻意塑造出「既不幫忙解決故事核心問題，也不妨礙問題解決」的人物，還不如著重描寫有功能的角色。舉例來說，沒必要連「叫醒賴床主角的弟弟（在故事第二格登場）」都特意賦予角色性格。參加單場聚會時，如果在短時間內認識太多人，應該很難牢牢記住其中的任何一個人吧？讀者也是一樣。請專

心將聚光燈打在主角的身上。

　　長篇就不同了。配角的比重變大，數量也變多。尤其如果是長期連載作品，配角勢必會持續增加。最具代表性的就是《航海王》。主角的同伴和敵人都持續增加。曾經是同伴的角色在中途離開，而原本是敵人的角色則變成同伴。並非只有奇幻色彩強烈的冒險類作品才會出現這樣的狀況。在《排球少年！！》（作者：古舘春一）這種運動類的漫畫中，主角所屬的隊伍也持續和遇到的新隊伍競賽，而且敵對成員的功能不僅在於和主角隊伍競爭而已，他們也有自己的故事，被刻畫成很立體的人物，所以深受讀者支持。在以國高中為背景的故事中，主角只要升了一個學年，自然就會因為重新編班而出現新的配角。

　　作家會事先設定好所有出現在作品中的配角嗎？這些角色會在哪個時間點，用哪一種方式加入故事，全部都是作家提早計畫好的嗎？我想應該不是。這個前提若要成立，作家就必須完美地設定好整個故事的所有發展。連一個細微的情節都不能從中間插入。因為「意料之外的配角」一定會藉由那個情節出現。連載破一千話的《航海王》和突破八百話的《HERO MAKER》（作者：bbance}）的作家，在作品開始連載之前，就事先在龐大篇幅中完美地安排好所有的事件，幾乎是不可能的事情。

有很多新人作家雖然頭腦明白，卻依然堅持：「沒有先設定並安排好配角，就無法開始工作。」不曉得我這麼說，會不會很殘酷，但如果你一定要事先做完所有的準備，大概永遠都無法開始連載。

就算已經決定要去釜山的海雲台，我們也不是看著海雲台走過去。通常都是從看不到海雲台的位置出發的。作家在構想的內容，並非抵達海雲台之前的所有步伐，而是前往海雲台的交通方法和主要經過的地點。雖然事先找好幾名同伴一起出發是很好的選擇，但也沒必要下定決心，直到這趟旅途結束之前都只跟那幾個同伴交流。超過一百話的連載是非常遙遠的路程，有的時候，偶然遇到的配角可能會帶給你很大的力量。只不過，不管配角多麼有魅力，如果他一直拉著你的手，要你別去海雲台，改去慶浦台，就得要默默將他送走。

重新研究看看，
能持續許久的懸念。

　　編好第一至三話後，發現劇情張力不夠。這也是我的親
身經歷。之所以發生這樣的問題，是因為作家預想的緊張感，
和原稿實際呈現出來的緊張感有落差。尤其是明明都已經編
好故事摘要，緊張感卻還是減弱的狀況。雖然問題也可能出
現在表現的技巧上，但依然有必要重新檢視看看故事內容。
這裡的關鍵在於，究竟是**對哪部分產生懸念**。

　　懸念，讀者知道哪些東西，不知道哪些東西？

　　前面有提到，該用什麼樣的疑問來結束每個話次的內
容。（請參考＜第二話應該怎麼寫比較好？＞p192）這次，我們要

討論的是，比疑問更大的懸念。懸念指的是故事發展帶給讀者的不安感和緊迫感，是從「讀者知道哪些東西，不知道哪些東西」延伸而來的。並非隱藏得多，就一定會生出懸念。作家如果對讀者拋出一個奇怪的內容，讀者就會想像後續的發展，好奇實際內容是否與自己的猜測相符合。在第三話後，之所以會覺得很茫然，可能是因為將緊張的情節全都塞進第一到三話中，還沒有想到後續要拋出來的懸念。

《奶酪陷阱》創造出「愛情驚悚」這個新造語。若說之前愛情類型的懸念都是始於「你喜歡我嗎？」這類指向對方的好奇心；那麼這部作品就是從「你究竟為什麼這樣對我？」的好奇心出發的。換句話說，是比「喜歡我嗎？」更深一個層次的內容。然後，從男主角的過去開始講故事，並持續探討一個疑問：「我過去發生的事情，幕後主使者是你嗎？」就像這樣，讀者藉由懸念察覺，男主角劉正是一個比想像中還奇怪的人，並且開始懷疑劉正。假設作家在第二話就直接表明劉正是一個奇怪的人物，情況會變得如何？懸念還有辦法持續下去嗎？沒有辦法。如果在產生好奇心之前先說出來，就無法製造出懸念。

不僅是以懸念為基本表現手法的驚悚類型，愛情類型的作品也是一樣的。在《戀愛萌芽》（作者：六月）中沒有敵人。很神奇吧。沒有敵人，也有辦法推動故事？在這裡不能忘記的是，愛情故事中最大的敵人就是自己的情人。讀者在結合

愛情與成長兩個題材的長篇作品中，經常看到主角的目的不在於戀愛（也就是說，主角有其他的目的），而且戀愛還經常成為主角達成目標的障礙。在這類作品中，如果出現妨礙主角達成真正目標的敵人，主角就會為了對抗敵人而和情人聯手。不過，我們現在要討論的愛情類型與這不同，也就是情人是自己敵人的時候。當情人是自己的敵人時，一切的情節都會從「誤會」開始。「你不會這樣看待我的。」

《戀愛萌芽》第一話的故事從男主角忘記自己喝酒後，對長期暗戀的女主角說了些什麼開始。然而，男主角在想不起來的狀況下，還是和女主角一起吃飯、約會等等，持續累積對彼此的誤會。他們的懸念只有一個：「那天究竟發生了什麼事？」、「是發生了什麼事，她才這樣對我？」在這種狀況下，懸念不斷徘徊於這兩個問題之間。過去發生了什麼樣的事情，女主角對男主角抱持著什麼樣的想法，絕對不會馬上呈現出來。

這部作品中的懸念聚焦在過去的事情上。如果在第一到三話安排事件發生，出現問題，後續的懸念就會隨著主角的感情線持續拋出疑問。大概明白了吧？想好主要事件後，在該事件之下的瑣碎事件並非單純的設定，而是要立刻丟出問題，讓那些事情能成為事件。

04

摘要已經寫好了，
卻覺得角色很無趣

小樂趣，別忘
記副線情節。

　　故事開始，主角的性格鮮明，主角尋找新道路的情況也藉由事件明確地呈現出來。事件的設置明明就安排得很好，情節也相當緊張。但是隨著介紹主角的第一個故事結束，第二個故事也結束後，總有種可以預測後續發展的感覺。這時候，千萬別忘記「副線情節」或是「B 故事」。

副線情節是什麼？

　　首先，我們回頭去看之前在說明故事架構時提過的事件。假設，有一個主角突然接到刺殺總統的任務。一至三話會說明主角的職業、主角的問題（雖然不想刺殺總統，但父母被

抓去當人質），最後會編出許多主角執行任務時發生的事件。為了刺殺總統必須執行的任務、阻擋任務的敵人、隨著事件發展，逐漸顯露出來的組織祕密等。事件本身相當緊張刺激，進展得似乎也很順利。

但是原稿卻沒什麼意思，總覺得讀者會嫌棄內容太過老套。能彌補這些部分的，就是副線情節。

讓主角進退兩難的局面安排在哪裡？

讀者在看主角時，最容易陷入苦惱的部分，就是讓主角進退兩難的局面。首先，試著回想你的主角在作品中的目的，以及妨礙他達成目的的要素。主角想達成目的卻在過程中受到阻礙，那麼主角勢必得做出某些選擇。妨礙要素都是敵人或障礙嗎？並非如此。只要打敗敵人，就不再是進退兩難的局面了。主角在達成目的的過程中，總會有阻礙自己的東西，也就是主角必須有自己珍視的人事物，而不單單是敵人。必須救出溺水的人，可是海浪非常的大，這並非進退兩難的局面。那麼，如果你去救溺水的人，將會導致自己的孩子身亡呢？像這樣製造出讓主角做選擇的情境，才是進退兩難的局面。

舉例來說，在刺殺總統的故事中安排的所有事件，全都是跟主角的目的相關的事情，跟導致主角陷入兩難局面的反

方向事件是無關的。因此，反方向的的人物通常都是出現在副線情節裡。主角不會平白無故地突然在組織內建立友誼關係。如果刺殺總統，親近的朋友全都會被消滅；但如果不刺殺總統，自己的家人又會面臨危機……。為了呈現出這種進退兩難的局面，需要花篇幅描寫主角是如何在組織內認識那些朋友；而家人對主角來說，又是多麼重要的存在。

這就是主角的副線情節要發揮的功能——看起來和刺殺總統完全無關的內容，卻讓主角在刺殺總統時猶豫不決。這是為了讓主角陷入進退兩難的局面而設計的反向情節。

如果覺得自己寫的故事看起來都能預測，可以思考看看，是不是少了副線情節。

別忘記小樂趣！

另外還有一個關鍵是「小樂趣」。還記得之前提過作家的類型，分為角色中心型的作家、角色關係型的作家以及情節中心型的作家吧？（參考 p44）其中人物間的矛盾太薄弱的狀況，大多出自以情節為中心的作家。他們傾向將所有敵人與情節串聯在一起，所以角色愈多，故事就愈複雜。相反地，以角色為中心的作家過度糾結於每個角色內在的缺憾，導致故事進展過慢。「小樂趣」在這裡指的是角色之間的化學效應。即使是沒什麼內容、不太重要的畫面，依然能讓讀者品

嘗到樂趣。像是角色之間講的玩笑話，或是凸顯角色特性的畫面，這些雖然在推動事件進展上沒有很大的功能，卻能提升原稿整體的趣味。

○ ○ ○ ○ ○ ○ ○ ○ ○ ○ ○ ○ ○

迷你課堂

網路小說也需要「小樂趣」嗎？

當然需要，但是和網漫的狀況不同。在網漫中，小樂趣往往是由配角來提供的，而不是主角。相反地，在網路小說中，必須以主角為中心來推動故事，所以小樂趣多是來自主線情侶。讀者反而會覺得配角的小樂趣沒什麼必要。因為網路小說是文本。網漫是由圖畫構成的，所以就算跳過小樂趣的情節，滑到下一個畫面也不需要太多時間。不過網路小說必須要閱讀全文，才能知道主角什麼時候會再出場。在網路小說中，除非是發生在重要人物身上的情節，不然讀者可能會因為小樂趣而覺得節奏過慢。因此，在前半段還是將製造小樂趣的情節都集中到主角身上吧。如果必須讓配角出場，就將相關情節加進配角和主角一起出現的場景中吧。配角的魅力，必須藉由與主角之間的「化學效應」來傳達。

05

主角過去的故事，
可以慢慢加入情節中嗎？

先想想看，為什麼需要主角
過去的故事。

　　很難找到不描寫主角過去的連載內容。如果讀者已經處於充分帶入主角的狀態，自然會想知道更多。站在作家的立場來看，主角的過去也是非常想討論的領域。尤其是當留言區因為主角的舉手投足而沸騰的時候，作家肯定會想馬上說出主角過去的故事。

　　然而，在作品中加入「過去的故事」，其實是一項重大的決定。因為現在的故事必須暫時中斷。除非是短暫的回憶，不然，過去的故事勢必會占據部分的篇幅。如果草率地加入，等回憶結束後，可能會損失一半的讀者。

　　如果想加入過去的故事，我建議先研究看看在故事的功

能性。在這個階段，必須將角色和敘事分開來思考。主角小時候失去母親，對他個人來說是很重大的事件；但如果這對目前的核心問題沒有太大的影響，這段過去就等於沒辦法發揮故事的功能。相反地，如果整體故事的中心問題是主角長久以來的創傷，而主角如何克服這個創傷是主要的情節；那麼失去母親的事件，就很可能具備呈現創傷原因的功能。讀者可以藉由作家提供的主角過去的故事，確認到造成創傷的原因（之前只能大略猜測），而且也能試著揣想，問題會用何種方式解決。

即使沒有提供與故事核心問題直接相關的資訊，如果能藉此讓讀者對問題有更深刻的理解，還是非常有意義的。假設故事發展到現在，主角都因為自己的創傷而和周遭的人相處得很辛苦。讀者看到主角那樣的態度，心裡應該會覺得很鬱悶。如果在這個時候插入過去的故事，表明主角因為創傷，長久以來都備受煎熬，那麼讀者或許就會感受到：「主角雖然沒表現出來，但其實很辛苦啊！」、「他的創傷比想像的還嚴重耶！」而改變之前對角色的評價。

如果你打算插入目前敘事的過去故事，並沒有提供讀者關於故事核心問題的追加資訊，也沒有幫助讀者更深入理解問題；那麼即使很可惜，還是省略掉比較好。就讓那些故事留在作家的腦中，或是以番外篇的形式呈現，和原本的故事區分開來。

　　另外還有更重要的一點，那就是時機。就算是解開故事核心問題所需要的資訊，如果讀者現在正專注於其他內容的發展，那麼也不適合插入過去的故事。出乎意料的是，類似的錯誤還是經常出現在作品當中。讀者很好奇主角好不容易開口求婚會得到什麼樣的結果，作家卻突然花十話的篇幅在回憶過去。你想說這是一種和讀者推拉的技巧嗎？跟人際關係一樣，推得太遠，在創作中也會導致對方離開。以週更為基準，十話的篇幅長達兩個半月。對於將所有故事看作一體的作家來說，那或許是很短暫的時間，但對同時閱讀許多內容的讀者來說，這段時間已經足夠將腦中非常好奇的求婚結果完全抹去。「過去的故事」要在讀者好奇主角的過去時，更準確地來說，要在讀者的好奇心達到最高點的時候拿出來，那時候就不需要再賣關子了。

文老師說

「過去的故事」在愛情故事中的功能

過去的故事,在不同的類型中有不同的功能。那麼,它在愛情故事中具備什麼樣的功能?這裡提到的「主角的過去」,指的不是根據時間線呈現出來的內容,而是為了補充情節而提供的「資訊」。在愛情故事中,過去的故事所具備的基本功能如下:

- 製造誤會
- 幫助理解

製造誤會的過去會營造出緊張感,而幫助理解的過去則能促成雙方的結合。

	主角 B	主角 A
製造誤會的過去	聽說 A 一考上公務員,就甩掉交往許久的前女友	其實 B 是個變態,只喜歡名字叫「A」的人
幫助理解的過去	其實 A 早就(考上公務員之前)跟前女友分手了。是受前女友所託才假裝交往。	B 在找的 A,就是 A 自己

那麼，過去的故事應該在什麼時機點說出來呢？愛情故事的基礎是「資訊的落差」。造成誤會的過去大多是主角已知的過去，幫助理解的過去則大多是主角未知的過去。

將故事內容整理成上述的表格後，就能決定要先討論主角B的問題還是主角A的問題。如果能按照這個表格來整理，應該就可以清楚地知道，要在情節中討論哪些核心內容了吧？

06

連載的讀者迴響不如預期，
我應該要趕快結束嗎？

>>

別那麼做比較好。

　　就像各種以大眾為訴求對象的創作那樣，網漫和網路小說這類連載內容，可以即時掌握讀者的反應。有些人甚至認為，在作品上架的當天，大概就能看出該作品的成敗。而且在「搶先看」這種付費制度普遍化之後，讀者的反應更是與作家的收入直接相關。不僅如此，最近作品之間的收入差異相當龐大。初次連載作品的作家，如果沒有在連載初期看見成功的跡象，就很容易被「這部作品已經失敗了，趕快結束後，在下一部作品大獲成功吧」之類的念頭誘惑。這些我都能夠理解。

　　雖然選擇權在作家的手上，但我還是想提出幾個「不該

草率收尾的理由」。首先，作家如果趕著收尾，就無法寫出完整的結局。看到突然又慌亂的結局時，受到最大衝擊的人就是喜歡那部作品的讀者。不論理由為何，作家這麼做，都等於是沒有遵守與讀者之間的約定。勢必得承受讀者的憤怒與不滿，而且這也會妨礙到作家準備下一部作品。

第二，提早完結，永遠剝奪了該作品獲得讀者支持的機會。雖然我在前述內容引用了業界人士主張作品在上架當日就決定了成敗的論點，但事實上，也有許多作品會隨著敘事愈來愈成熟而累積出好口碑。還有些作品因為部分內容造成話題，或是剛好與社會議題契合而重新受到大眾的好評，這就是所謂後來才紅的作品。尤其是架構完整的作品，有時會在順利完結之後，才凸顯出作品的價值。提早完結，等於是抹滅了這一切的可能性。

第三，作家的履歷會變得很尷尬。作品集是作家的履歷，同時也是作家的資產，突然收尾的作品，資產價值非常的低。這也阻擋了作品由免費連載轉換成付費內容，或是轉移到其他平台上連載的機會。幾乎沒有讀者會在明知故事突然中斷的狀況下，還付費買來看。對平台來說，也沒理由接受這樣的作品。提早完結，對作家來說是很大的損失。

第四，對連載作家來說，有些東西是只有在連載過程中才學得到的。編寫每一話的故事、繪製原稿、觀察讀者的

反應，在這一連串的過程中，作家的能力會急速提升。完結的經驗尤其重要。因為那只有在作品完結的時候才能得到。如果是志願成為作家的人，就算一直以來畫了許多次「第一話」，也幾乎都沒有畫過「最終話」。提早完結等於是親自扼殺了可以學習的機會。想趕快完結後，在下一步作品投注更多努力的心態，也是如此。必須從作品企畫重新開始做。但有配合初期企畫推動連載，並且順利完結的作家所具備的能力，跟在初期就提早收掉作品的作家有相當大的差異。不僅如此，為了下一步作品而草草結束上一部作品的負債意識，也很可能會讓自己變得急躁。至少在企畫的階段，這種焦躁是幫不上什麼大忙的。

最後，請別忘記連載是一種商業行為。作家已經簽訂了連載合約。完結的大略話數和連載的期間已經定好了。就算你想提早完結，也必須先跟簽約方達成協議。作家如果擅自提早完結，對於選擇該作品、與你簽約、推動連載的人來說，是相當失禮的，而且這極有可能會違約。

你問我那麼應該怎麼辦嗎？別對這部作品抱持太高的期待，大概做一做後，下一部作品再好好努力。你說我剛剛不是還在勸大家不要這麼做嗎？雖然看起來差不多，但其實完全不同。因為大概「做做」和「不做」有天壤之別。如果你為了能做好而費盡心思，相當辛苦，那麼乾脆帶著大概做做就好的心態去做，還比較有幫助。

不要放棄才是重點。請繼續做下去。

真的想聽實話嗎？反正你也沒辦法大概做做就好。因為你可是作家啊！

文老師說

網路小說免費連載

網路小說（跟網漫不同）經常是在免費連載之後才進行簽約的。就連已經發表過很多作品的作家，也會先透過免費連載來觀察讀者的反應，之後再跟出版社簽約出版電子書，或是正式簽訂付費連載的合約。因此，如果免費連載的迴響不佳，有些作家就會趕快結束作品，改投入到下一個作品中。雖然我推薦有經驗的作家可以這麼做，但對從未寫過完結作品的新人作家來說，這並非理想的方法。因為完結的經驗，對作家來說真的非常重要。

反應不好，但還是想要把作品寫完時，該怎麼做？這個時候，可

以試著縮減作品的規模。網路小說通常每一話是五千五百字，而二十五話就是一本單行本的分量。我建議你在一冊之內完結故事，然後投稿看看。網路小說會在連載後出版成電子書，所以只要完成了一冊分量的原稿，想打開出版大門，就會比預期的還容易。

有些問題雖然非常好奇，卻不好意思直接問出口；還有些
問題不知道是因為哪裡卡住了才會發生。在寫作書中和
網路上都沒找到答案，不禁懷疑「難道只有我好奇嗎？」
別再煩惱了。所有人都在想類似的問題。接下來將會提
供幾個方向，引導各位找出問題的答案。

PART **8**

還沒講完的
那些內容

角色、素材、結局
各玩各的

>>

請強調外在事件
或是內在事件

比起長篇作品，在創作短篇作品時，更容易覺得角色、素材跟結局，如同油水分離一般。這是因為頁數（或者篇幅）是固定的，但作家想講的東西卻很多。

「需要說明」的角色以「突然出現」的素材所引發的事件後，然後迎來「突如其來」的結局。

該如何構思，才能在短篇中讓「需要說明」的角色能夠完全滿足「突如其來」的結局？有兩個方法。首先，可以強調外在的事件。不以主角的成長為主，而是讓主角藉由擊退當下遇到的障礙來獲得心中的期盼──在短篇中，光憑這一

句話大綱就足以構思成故事。關鍵在於，障礙必須愈來愈龐大。再來，可以強調內在的事件。內在事件與主角的成長相關。主角藉由某個契機體會到某些事情──這樣的故事就是用強調內在事件的方式來推動的。

當你覺得作品中的角色、素材和結局各玩各的，讓你相當苦惱時，經常是因為比起外在事件，更多強調內在事件而造成的。在這種時候，有些方法可以將這三者有意義地連結起來。

首先，要將角色和素材連結在一起。以下舉一個例子來說明：膽小的學生 A 偶然得到能消除記憶的針線盒，於是他利用針線盒持續消除記憶，後來他體會到這並非真正的成長而放棄那麼做。這個故事的角色、素材和結局有融合嗎？該怎麼修改比較好？

必須把角色和素材連結起來才行。膽小的 A 得到針線盒後消除記憶。針線盒……？如何？在故事中如果出現扮演重要角色的物品，最好能將該物品和主角的特徵連結起來。《要不要也幫你修圖？》（作者：Eun）的主角是攝影師。所以故事中有一個具備神奇力量的物品，就是拍攝照片後很方便編輯的平板電腦。如果想將針線盒當成一個重要物品來使用，那麼將主角設定成具備出色的刺繡能力或是很擅長針線活的人會比較好。一開始在介紹主角時，可以放入主角學習刺繡

的畫面。只要將角色和素材連結起來，至少前半部的內容就不會有各玩各的感覺。角色說明也會變得更豐富。如此一來，便能補充「需要說明」的角色和「突然出現的素材」這兩個部分。

光是將角色和素材連結起來，就充分能夠補全不足的部分，但關於「突如其來」的結局還需要再多思考一下。在短篇中會覺得結局很突然的狀況，通常是發生在第二幕的下降點接到第三幕的橋段。主角在第二幕中發覺自己的行動不是真正的成長，而且促成主角有所領悟的契機也非他主動摸索出來的，是經由突然出現的第三者（教導主角的人物）讓主角被動發覺的。這個時候讀者往往會覺得很突然，也就是覺得不合理。

你的作品中，是否有第三者突然出現？如果沒有，你是否有暗示過？創作短篇作品時，經常會不曉得，應該在哪個情節介紹會與主角一起度過低潮的角色。實際上，真的很麻煩。如果沒辦法事先設定好，一定要在前面稍微呈現出來。也可以將該角色設定為主角在第一幕拿著針線盒到處跑時認識的朋友。如果你覺得自己在駕馭人物方面還不夠成熟，那麼也能重複呈現出主角在第一幕中費心留意的刺繡圖樣，藉此以隱喻說明主角並不是在成長，而是在往下掉落。

02

花心思替角色取名是
在浪費時間嗎？

>>

如果那對作家很重要，
就絕對不是在浪費時間！

　　有些作家會費盡苦心替角色取名。既要符合角色的形象，又不能太過普遍。搜集了好幾個符合標準的名字後，深思了一番，最終選擇一個滿意的名字，並且查找每個字的漢字。選用了暗示角色性格或狀況，有時甚至暗示未來的漢字後，決定了名字。最後還會搜尋漢字名字的日文或中文發音，確認發音很正常，這才確定要用哪一個名字。這種作家極有可能連角色的生日也精密地設計過，甚至還會去了解該角色的星座和生辰八字。

　　實際上，幾乎不可能在作品中放入角色的漢字名字或是八字。作家當然知道這個事實。即使如此，為什麼還是要向

替自己的孩子取名那樣費盡心思呢？當然是為了自我滿足。我出於好意在這裡強調，對創作者來說，自我滿足是非常重要的要素。**好的材料會製造出好的物品，創作故事時最重要的材料就是作家的精神**。作家的愛很深刻、動力很強的時候，創作工作就會進行得很順利。「沒有讀者會在意那些，不要把時間浪費在沒用的設定上，還不如去做其他的事情。」我認為這種建議是毒藥。就算沒有任何人在意，只要對作家來說有意義就夠了。反正要融入作品中的精神是作家的，而不是那個給建議的人。

從另一個角度來說，如果取名沒有帶給作家龐大的滿足感，那麼就沒必要對取名這項工作賦予特殊的意義。因此，也有一派作家主張「不費心思取角色的名字」。有些人會**翻閱畢業紀念冊**，從裡面尋找適合名字；有些人會把朋友的名字改個字後拿來用；還有些人會從地名獲得靈感。《保護我，死神》（作者：楊世俊）中的津教和吉尚就是作家在開車途中，看見「羅津橋」和「吉尚釣魚場」時獲得的靈感。有時候也會致敬其他作品。《保護我，死神》的主角比影，是致敬一九九〇年代人氣漫畫《幽遊白書》（作者：冨樫義博）中的冷靜劍客角色飛影。《結界女王》的作家林達永表示，該作品的主角莎堤萊薩是取名自一九七七年播出的電視動畫《霹靂日光號》中的機械名稱。

作家楊世俊在採訪中，談到替津教和吉尚取名的故事。

「雖然有些人會覺得我是亂取名字，但因為我腦中一直在想這件事，所以不管看到什麼詞彙，都總是在尋找其中可以用來當名字的字。」這番話非常重要。身為作品世界的創造主，作家只要還有意識，就很難真的隨便替角色亂取名。就算決定要簡單取名，腦中也總是在尋找符合角色形象的名字。我認為「角色會自己選名字」這句話並非誇飾。

　　最後再補充一點。雖然取名是作家的工作，但如果取了一個讀者在閱讀故事時會特別注意到的名字，就必須要有恰當的理由。在現代愛情網路小說中，身為平凡大學生的配角如果取了個「金達爾梅尼」、「南宮江生」、「李托尼提」之類的名字，讀者就會特別關注，並且會期待後面出現相關的內容或是台詞。如果是作家刻意取的就沒什麼問題（背後有特殊的原因，或是獨特的名字對角色造成影響等），但如果不是，可能會妨礙讀者投入主要的敘事。

03

犯罪的主角也可以
變幸福嗎？

>>

只要作家自己
能接受就可以。

　　首先，我認為不管犯下任何罪都應當受到懲處。即使如此，還是能提出以下問題來討論：罪的代價如何計算？由誰來決定？受害者可以自己決定嗎？如果受害者原諒了，加害者的罪就會消失嗎？另外，世界上真的存在整個社會都認同的「罪價」嗎？

　　我曾經企畫過，以學生時代當過混混的人物作為主角的作品。那個角色現在是老實又努力生活的普通人。有些人可能會覺得，這種設定本身就不合理。如果有那樣的過去，現在應該也是既卑鄙又狠毒才對。有些人認為至少作家在描寫校園暴力之類的社會問題時，應該那樣描寫才對。

然而，我並不這麼認為。人類是會改變的。我們很喜歡的那些故事的主角，不都是會成長而且有變化的人物嗎？只不過，即使人改變了，過去做的事情依然存在，並沒有消失不見。當然應該為犯罪付出代價。

當時我的主題是「犯下多少罪，應該要流多少眼淚？」所有的故事都要由三幕構成，也就是需要收尾。既然我用當過小混混的人物作為主要角色，就必須將他的故事說完。不過，當他的過去都被揭露之後，他究竟該怎麼辦？也就是說，關於他應該流下多少眼淚的這個問題，我再怎麼想都答不出來。

並非所有作品都要符合道德標準。大惡人即使犯下了許多惡行，最後還是過上奢華的好日子；努力生活的主角，最後淒涼又悲慘的結束一生。這類的結局也很常見。然而，我這個企畫，主角過去曾經是小混混的這個故事是一部網路漫畫，主要讀者群是青少年。雖然故事內容的目的不在於教育青少年讀者，但關於做出校園暴力該付出的代價，我也不想輕輕帶過。在說服讀者之前，我想要創作出一個可以說服我自己的第三幕。不過，我到最後都找不出答案，所以這個故事，終究沒能問世。

要給主角什麼樣的結局，完全取決於作家的決定。但是，作家自己要能完全接受那個結局。就算是作家，也沒必要對

世上萬事都有明確的定論。只不過，作家至少要對自己想談論的主題有一個明確的答案。即使大多數的讀者對結局提出問題或是感到憤怒，作家自己的主觀也要相當明確，堅定到不會受他人動搖的程度。雖然有一種結局結局稱為「開放式結局」，作家會刻意將結局模糊化，留給讀者想像的空間，但是，作家自己已經有結論和還沒有結論，依然會有很大的差異。希望你們能在最後真的不得已時，才使用「迴避責任的開放式結局」。

04

擱置許久的企畫爲什麼
總是卡在同一個地方？

>>

因為你總是用
同一個方法處理。

　　「這個企畫到了第七年都還沒辦法完成，完全沒有進展！」這句話聽起來是不是似曾相識？只要是志願成為作家的人，心裡大概都藏了一兩篇這樣的故事——在國高中時期初次構想後，決心等上了大學就要帥氣地完成作品。有這類煩惱的人總是鬱悶地說：「已經試了好多次了，還是在同一個地方卡住。」有必要檢視看看，這裡提到的「好多次」是不是都用同一個方式。

　　擱置許久的企畫書，一眼就能看得出來。擱置許久的故事只是放了許久罷了，並非完成的作品。然而，經過漫長時間，該作品在作家的心中已有部分定型了。因為定型在未完

成的狀態，所以很難從各個地方著手修改，進行其他的嘗試。能認出某個計畫放置許久的主要原因在於，作家面對他人的意見會做出強烈的反彈。

審稿人　角色 A 在這個時候背叛了主角，但感覺他的選擇沒有可依循的脈絡。

作家　喔……那部分我在企畫書中沒有寫。其實 A 在戰場上經歷過這樣那樣的事情……（中略）不過那部分會在第二季另外用前傳的方式呈現，所以目前沒有要討論。

審稿人　除去要編入第二季的內容，就目前的狀態來說，A 的背叛感覺很難符合邏輯。要不要把 A 背叛主角的部分改掉呢？

作家　不行！他本來就是要背叛的！他是會背叛的角色！因為 A 之後會這樣那樣！

從作家激動的反應來看，會覺得在作家的腦中，該故事的型態非常的具體。作家長久以來都將 A 這個角色擱在心裡，所以可能會覺得，不背叛主角的 A 並不像真正的 A。不過，未完成的作品其實談不上「真正的」這概念。

由於是長時間在自己的腦中重播了無數次的故事，所以就算只是稍作改變，可能也會覺得既辛苦又困難。這種時候，作家自己有必要冷靜地思考看看，關於這個故事的「真實」，究竟是什麼。構想、一句話大綱、角色、世界觀……如果全部都要維持原樣，就只會一再重複無趣的模式。請如同看待他人的作品那般，用客觀的視角分析看看，然後，最低限度地保留真的不能丟掉的部分。其餘的部分則果斷地全都改掉。說不定，你會突然有種豁然開朗的感覺。

　　如果做了這樣的嘗試後，故事依然卡住，那麼有可能是作家丟出了正確的問題，卻還沒有找到答案。這種時候，就那樣放著不管也是一種辦法。所謂的「封印」便是如此。先存放在記憶中的某個角落，以半遺忘的狀態繼續過生活，後來可能會在某個意外的瞬間，突然靈光乍現：「啊！以前做過這樣的企畫。如果在那裡加入這個角色（或是事件），就是我現在想要寫的故事耶！」以前覺得絕對不能丟棄的要素，現在可以輕鬆地整理掉；本來覺得是旁枝末節的內容，重新配置成主線情節。故事經過重新組合後，跟以前的型態截然不同，所以在他人眼中看起來就像完全不一樣的故事。不過，至少作家自己很清楚，這個新故事之所以能誕生，都是拜擱置許久的、以前的故事所賜。

> **筆記**

網漫編劇梁慧琳的經驗

我開設了一個非公開的部落格帳號，專門用來儲存構想。

想到可以作為故事種子的內容時，就會在那裡寫下來。其中有一個作品是在企畫後過了五年才完成企畫書，到了第六年終於開始連載的。也就是將所謂「擱置許久的企畫」起死回生了。

雖然我是在二〇一四年構思這個作品，但一直想不到推展故事的方式，所以封印了許久。後來，於二〇一九年左右，在奇幻愛情類型站穩腳跟後，我才開始企畫出具體的情節。二〇一四年寫好的三四頁篇幅的企畫書雖然有保管起來，但是從角色設定到主要事件，我全部都改掉了。「為了拯救羅密歐，茱麗葉成為了史上最壞的惡女。時間迴圈題材。」只有這一個構想留下來。我在這基礎之上，寫出一個全新的故事。

글 양혜석
그림 ini

《出來吧！羅密歐》（© 梁慧琳 /ini，Daon Studio 出品）

之後與繪畫作家的會議成為了契機，我完成企畫書並開始工作，
最終在二〇二〇年於kakao page上連載《出來吧！羅密歐》。

05 一定要做總評嗎？

如果沒辦法信賴成員，
不做會比較好。

　　能一起創作、分享意見的同行，對作家個人來說，是很寶貴的資產。最重要的是，有意願參與總評代表作家已經做了心理準備，打算正式將自己的作品公諸於世，這很值得稱讚。其實公開自己寫的摘要、企畫書和原稿，對作家來說是很害羞又緊張的事情。同時也意味著，當作家決心公開時，對該作品一定都有相當程度的期待和深刻的熱愛，所以更不想因為有違期待的言語受到傷害。

　　有次，我跟學生說要在課堂上總評時，某個學生用半開玩笑的語氣說：「如果能保證只會聽到好話，我想參加。」雖然大家聽了都爆笑出聲，但我們都很清楚總評的目的並非

稱讚。當然，有些時期作家需要別人給予無條件的稱讚。不過，基本上總評並非針對作家，而是針對作品，是為了讓作品能發展得更好而經歷的一段過程。

如果你能信賴一起參與的人，我推薦你進行作品總評。這時候，信賴是必要的前提。你相信他們會花時間用心閱讀你的作品，相信他們會帶著想幫上忙的心情，真心替你煩惱，相信他們擁有那樣的能力。這麼一來，就算聽到批評，也能當作養分。相反地，作家自己如果沒有這樣的信心，總評帶來的弊很可能大於利。

如果決定要總評，就必須定下目標。其中包含哪些項目呢？

- 已經完成第一話的分鏡，想知道總評人是否能確實掌握主角的資訊？是否會對主角產生好感？
- 該作品是設定比較特別的奇幻故事。沒有企畫書或其他額外的說明也能理解設定嗎？
- 寫完企畫書後發現似乎看過類似的作品，覺得很焦慮。想請大家說說看是否看過類似的題材。
- 已經想好兩種結局，想知道哪一個結局比較大眾，總評人自己更喜歡哪一個結局？
- 根據原稿的特色改變了上色方式，卻比想像中還費工

夫。是否要採用以前的上色方式？還是即使比較費工夫，依然維持目前的上色方式較好？

- 一口氣閱讀原稿是否容易理解內容？中間如果有卡住的部分，請表達意見。

　　這些問題有一個共通點，那就是作家不可能自己回答。作家無法用客觀的態度面對自己的作品。「沒有企畫書或其他額外的說明也能理解設定嗎？」像是這類的問題，作家如果好奇初次閱讀該作品的讀者對作品的回饋，唯一可行的方法就是，詢問初次接觸到該作品的讀者。這個方法，一個讀者只能使用一次。基於這層意義，總評是非常珍貴的機會。

　　另一方面，閱讀同行的作品需要擔負一定的責任。你得幫助將自己珍貴的故事公開給你看的同行。就連專業的作家，在企畫新的作品或是連載中遇到故事卡住的地方，也會向親近的同行公開草稿來尋求幫助。將尚未問世的草稿公開，代表著堅定的信任，其他作家也深知這一點，所以都會盡全力苦思，給予有幫助的回饋。

　　我經常提到譴責和批評必須要區分開來。犀利地批評他人的作品本身並非壞事。只不過，你的批評必須以為對方以及對方的作品著想為前提。進行總評的前提是要彼此信賴。給予回饋的人必須是值得信賴的人。以貶低他人來凸顯自身

優勢為目的的那種回饋是最惡劣的。悲傷的是，這個世界上真的有人帶著那樣的目的參與總評。因此我才說，能找到「值得信賴的團隊」是很重要的。

另外，我建議各位在針對他人作品給予回饋之前，能再仔細思考，你的意見是否真的對對方有幫助。「以你畫畫的實力來看，要畫複雜的打鬥內容會有困難，所以把打鬥多的故事刪掉吧！」或是「女性（或是男性）作家不擅長描寫某某類型的作品，而且該類型的讀者也不喜歡這種性別的作家。」這類的回饋對已經在進行作業的作家來說，不僅沒有任何意義，也沒有任何幫助。

針對回饋內容給予回饋吧！

從對方那裡接收到關於自己作品的回饋後，有必要分析該回饋的內容。也就是去檢視這種回饋是出自於何處，而對方又是如何看待你的故事的。假設這裡有一個水瓶。從正面看的視角，從上面看的視角，以及從裡面往外看的視角，所看到的內容全部都不一樣。收到回饋時，比起注意哪個地方好，哪個地方不好，更應該掌握對方看故事的視角，了解他從哪一個方向，用何種方式來看你的故事。

國中生 A 很喜歡畫畫。雖然他因為父母的反對沒辦法上美術補習班，但他都會偷偷跑進學校的美術教室畫畫。某一天，A 和轉學生 B 變熟後，兩人一起探索校內的新空間。A 將自己的畫作拿給 B 看，並且傾吐自己的煩惱，B 聽了之後替 A 加油打氣，給予支持。A 從 B 的鼓勵中得到靈感，決心要畫出喜歡的畫作。

針對以上的故事進行總評時，能得到許多不同的回饋。

1. A的個性如何？看不太出A的個性，感受不到故事的趣味。A和B從彼此身上感受到什麼樣的魅力？

2. 第三幕的故事必須有曲折。但是這個故事中沒有下降點也沒有敵人，其中有什麼發生什麼衝突嗎？

3. 和轉學生一起探索校內的新空間有點奇怪。對A來說，學校是很熟悉的環境，會有什麼空間讓他覺得是新的嗎？

這當中，有什麼是最值得參考的？答案是「都沒有」。覺得很無聊嗎？其實這才是事實。如果要按照所有人的回饋照樣改正所有內容，內心就會變得很鬱悶。第一點是從角色的視角切入，第二點是從情節和架構切入，第三點則是在審視細節。每一個方向都不同。

有趣的是，在回答上述的問題時，會發現最後能彙整成同一個結果。考慮第二點回饋，為了在第二幕的後半部製造一個下降曲線，可以加入讓A和B吵架或者產生誤會的事件。為此，就必須呈現出角色的個性，對吧？整理之後，就能得出一個接受第一和第二點回饋的結果。有時候比起製造誤會，可能會更想以清新的風格來發展故事。那麼，在下降點的部分就不要在A和B之間的製造衝突，而是改成讓他們突然錯過公車，或是被關在新探險的地方出

不來等外在的事件，這樣一樣能營造出緊張感。為此，可以不用深入探討角色的內在世界，但即使有點淺，還是要以吸引人的方式呈現出角色表面的性格。第三點可以在呈現技巧上花些心思，或是乾脆跳過不管也可以。

請記住收到回饋時對方的視角。如果該回饋與你的看法不同，請思考看看提出意見的那一類人，是從哪一個視角看你的故事的？而你是否有辦法，用你的故事說服擁有那種視角的讀者。不論分析的人，洞察力多麼出色，最了解你作品的人還是你自己。

回饋指標

如果能根據作家本人好奇的地方來回饋,當然很好,不過在評論會議上,還是能定出一些共通的指標。

1. 企畫書(包含摘要)總評指標

在不深入思考的狀況下快速讀過一次,然後,用一句話簡單寫下最先浮現在腦中的感想(例如:不曉得在講什麼、有點難、很有趣等)。接著,再慢慢閱讀一次,並回答以下的問題。

- (企畫書上有標明類型時)故事內容有符合該類型嗎?
- (在相當於第一幕篇幅的內容中)能掌握到主角是什麼樣的角色嗎?
- (在相當於第一幕篇幅的內容中)能充分掌握這個故事的世界觀和主要設定嗎?
- (在相當於第二幕篇幅的內容中)第一話提出的問題,是否有深化了?
- (在相當於第二幕篇幅的內容中)事件和主角的選擇,有足夠的脈絡支撐嗎?
- (在相當於第三幕篇幅的內容中)主角或是世界的變化,有極致地呈現出來嗎?
- (在相當於第三幕篇幅的內容中)身為讀者,是否覺得踏上這趟旅程很值得?

- 這個故事的魅力在於？
- 主角的魅力在於？
- 關於提升故事的商業價值，是否有什麼建議？
- 最近是否有看過在討論類似題材的作品？
- 除上述問題之外，有沒有什麼想跟作家說的話？

2. 分鏡圖、原稿總評指標

在不深入思考的狀況下快速讀過一次，然後，用一句話簡單寫下最先浮現在腦中的感想。另外，將初次閱讀時看不懂的畫面或是場景標示出來。

- （初次閱讀時）能大致掌握故事的類型、世界觀和主要情節嗎？
- （初次閱讀時）能掌握主要角色的特質嗎？
- （初次閱讀時）有出現特別有好感或是特別讓人擔心的角色嗎？
- 確認以上的內容後，再慢慢閱讀第二次。請確認第二次閱讀時是否能理解之前看不懂的部分，並將結果記錄下來。如果看不懂，請再閱讀一次。
- 能預想這個故事後續的發展嗎？你覺得會是什麼樣的內容？
- 除此之外，有沒有什麼想跟作家說的話？

「網漫為什麼需要故事？」

　　聽到這個問題時，我們稍微煩惱了一下。當時我們兩個正在教授「漫畫說故事技巧」的課程，這個問題質疑的正是該課程的必要性。他這麼問是在反抗教授這門課的人嗎？還是真心感到好奇呢？幸好我看見問問題的學生一臉疲憊的樣子，就明白他發問的意圖是後者，不是前者。仔細想想，他這麼問只是不太直覺罷了，其實夢想成為網路漫畫、網路小說作家的學生和新人作家都經常詢問類似的問題。

「有趣不就好了嗎？」
「有必要這樣學習創作方法嗎？」
「連載的過程中故事也可能會改變啊！」

　　《IP時代必備的創作指南》是我們針對目前為止收到的許多問題的回答。另外，也收錄了我們身為連載內容的故事

作家，在討論許多作品時曾感到好奇的部分。不用按照規則動筆，也可以順著自己想法去創作。不過，就像我們學畫畫時要畫阿格里帕[1]那樣，學習故事的法則，打好畫畫的基本功後，要像是尋找自己的畫風那樣打破故事的法則。這是很重要的。我們在撰寫這本書的時候，盡量不將觀點都集中到同一個方向。雖然是以回答問題的形式作為文章架構，但其中也經常丟出新的問題。

　　最重要的是，我們撰寫本書的目的在於，讓創作故事的人不論在什麼時候翻到哪一頁，都會產生想寫故事的念頭。比起自己獨自煩惱、緊抓著作品不放，當走同一條路的同伴丟出問題，而其他人回答問題，如此一起思考的時候，頭腦反而會變得更清晰，不是嗎？希望透過這本書，各位能產生

1　瑪爾庫斯·維普撒尼烏斯·阿格里帕（Marcus Vipsanius Agrippa）為古羅馬軍事家，其石膏像常被用來作為練習畫畫的課題。

「好想趕快開始投入創作」的念頭。因為我們在寫作期間，其實也是如此。

因為有許多作家對我們提出各式各樣的問題，《IP 時代必備的創作指南》才有辦法出版。初次創作故事的作家、在連載前檢視故事內容的作家、正在煩惱下一部作品的作家等等。在回答問題的過程中，我們兩個人也成長了。希望讀者在閱讀本書的過程中，也能試著對自己拋出問題：

「故事一定要那樣寫嗎？」

《IP 時代必備的創作指南》感謝各位一起踏上這趟為了回答許多問題而出發的旅程。

—— 梁慧琳、文亞琳敬上

下次再見！

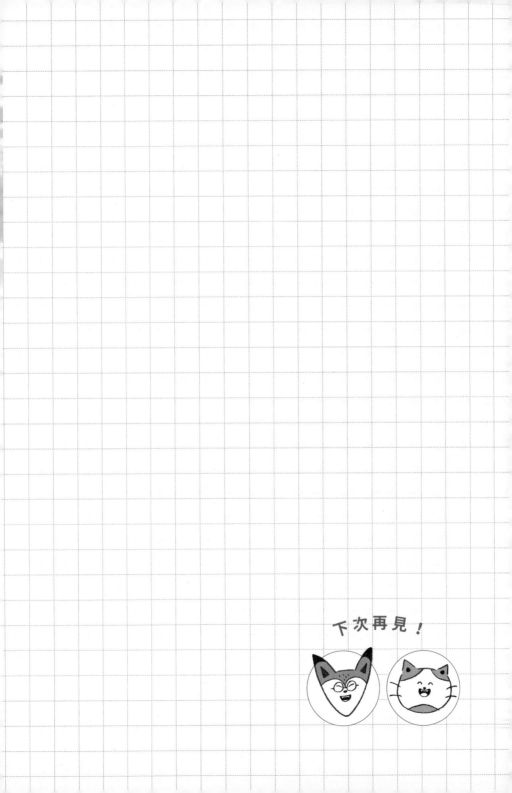

TOP 024

IP 時代必備的創作指南
網路漫畫、網路小說作者最好奇的 58 個 FAQ
스토리，꼭 그래야 할까？다르게 쓰고 싶은 웹툰 - 웹소설 작가를 위한 가이드

| 作　　　　者 | 梁慧琳、文亞琳 |
| 譯　　　　者 | 張雅眉 |

責 任 編 輯	魏珮丞
封 面 設 計	FE 設計
排　　　版	JAYSTUDIO
總 編 輯	魏珮丞

出　　　版	新樂園出版／遠足文化事業股份有限公司
發　　　行	遠足文化事業股份有限公司（讀書共和國集團）
地　　　址	231 新北市新店區民權路 108-2 號 9 樓
郵 撥 帳 號	19504465 遠足文化事業股份有限公司
電　　　話	（02）2218-1417
信　　　箱	nutopia@bookrep.com.tw

法 律 顧 問	華洋法律事務所 蘇文生律師
印　　　製	呈靖印刷
出 版 日 期	2023 年 12 月 20 日初版一刷
定　　　價	480 元
I S B N	978-626-97052-9-0
書　　　號	1XTP0024

스토리，꼭 그래야 할까？
(How to write a better story)
Copyright ©2022 by 양혜석 （Yang Hyelim，梁慧琳） 문아름 （Moon Arum，文亞琳）
All rights reserved.
Complex Chinese Copyright © 2023 by Nutopia Publishing, A Division of Walkers
Cultural Enterprise Ltd.
Complex Chinese translation Copyright is arranged with SIGONGSA Co., Ltd.
through Eric Yang Agency

著作權所有・侵害必究
All rights reserved

特別聲明：有關本書中的言論內容，不代表本公司／
出版集團之立場與意見，文責由作者自行承擔。

新樂園
Nutopia

・新樂園粉絲專頁・

國家圖書館出版品預行編目 (CIP) 資料

IP 時代必備的創作指南：網路漫畫、網路小說作者最好奇的 58 個 FAQ / 梁慧琳，文亞琳著；張雅眉譯 . -- 初版 . -- 新北市：新樂園，
遠足文化，2023.12
306 面；14.8 × 21 公分 . -- (Top；024)
譯自：스토리，꼭 그래야 할까？다르게 쓰고 싶은 웹툰：웹소설 작가를 위한 가이드

ISBN 978-626-97052-9-0(平裝)

1.CST: 小說 2.CST: 漫畫 3.CST: 寫作法

812.71　　　　　　　　　　　　　　　　　　　　112019734

網漫、網路小說作家推薦本書的理由

Ji Pil《不死的詛咒》
本書收錄了所有在準備網漫的過程中，你多少都在心裡想過的問題。書中不僅回答這些難以找到解答的問題，滿足了讀者的好奇心，還引導讀者走上一條舒適的道路，是一本彷彿擁有魔法力量且相當溫暖的書。光是能突破瓶頸，就足以刺激優良的創作欲。希望所有創作的人讀了《IP 時代必備的創作指南》都能了卻心中憂慮。

Chang_Gu 《在魔女的宅第工作》
從最初構想故事的階段開始，到寫企畫書的方法，準備連載和實戰技巧等，在閱讀過程中好幾次都發出嘆息，心想：「這本書要是在我準備畢業製作時出版就好了！」我很高興現在出版了這本書，不管在哪個創作階段卡住，都能輕鬆在裡面找到答案。我想這本書對許多志願成為作家的人，以及像我這樣的新人作家都會有很大的幫助。我們一起加油吧！

tamto《冰冷的葬禮》、《豪傑翁主》
數不清的寫作書就像是創作作品時必讀的成堆課題，而截稿日又像是以驚人的速度奔馳而來的火車。作家在火燒眉毛的狀況下，心中一邊哀號一邊往截稿的方向奔跑。在防禦那些朝著作品飛來的回饋時，淚水模糊了眼前的視線。我的內功就像是薄薄的窗紙，愈努力防守，上面就被戳出愈多的洞。從模糊想起的問題到問起來很尷尬的問題，腦中因為這些令人鬱悶的好奇心而變得很複雜。我向那些哀嚎著、不知道該向誰對著哪裡詢問哪些事的作家們，推薦這本書。看到目錄時覺得很開心，閱讀回答時心情很舒暢。雖然是以問答的方式來敘述，但書中比起直接提供明確的正確答案，更接近於悄悄觀察臉色的同時透露出訊息。並且還引導讀者輕鬆地將書中內容套用在作品上，讓讀者能摸索出自己的創作方式。我特別想推薦給雖然已經開始連載，卻還沒掌握到節奏，（像我一樣）缺乏經驗的新人作家。光是知道這本書能減輕你每週、每月、每年如同考試般的截稿壓力，心情就會安定許多！

team_doao《隨身導演》
在企畫作品以及連載的過程中曾經遇過的煩惱，都可以在這裡找到答案。書中很有誠意地回應只要是創作者都會遇到的難關。對於在創作上遇到煩惱的同行朋友來說，這本書一定會成為可靠的同伴。

Han Hyeyeon《烤麵包的貓咪》、《小孩塚》、《奇妙的生物學》
雖然市面上有很多料理書，但當要準備的不是個人的餐食，而是在商業空間中的料理時，食譜、備料和擺盤都需要改變。《IP 時代必備的創作指南》是為了開設說故事餐廳而撰寫的料理書。當你覺得食物沒有味道時，只要翻開來看，就會發現適合的醬料。

一二《時間線》、《你的肖像畫》

想到一個不錯的題材了！但是今天怎麼覺得這個題材不怎麼樣？即使開頭很棒，一旦產生了懷疑，最後還是會將創作品丟入資料夾的深處。這時《IP 時代必備的創作指南》的兩位作者卻說：「沒關係！繼續試試看吧！」這本書能與你一起企畫網漫的故事，並且帶給你明確的信心！

Hong Seongho《菩薩帶路吧》、《陽光男孩》

溫暖的氣息從翻開的書頁中傳來。讓寒冷又孤獨的創作房間充滿暖意，令人感謝的書。

Hong Jiun《無顏蠻勇 喝叛夷瘟》、《劇本食譜》

粉碎名為創作的高牆假象、調低欄架高度，親切感和實用性都兼備的書！

2O《無限》

我喜歡「開始就是成功的一半」這句話。因為這句話告訴我，克服茫然的恐懼開始去做有多　重要。不過，如果一開始就抓錯方向，最後很可能會迷失在不曉得會通往何處的道路上。因此，我相信開始必須要正確，過程和結果也才會理想。在創作這個領域開始也非常重要。在沒有任何指南的狀況下，以一張白紙的狀態開始初次的創作，實際上，就像是出發去尋找傳說中尚不曉得實際面貌的新大陸。如果你是獨自前往，很可能會在幾次犯錯碰撞之後，於創作作品的過程中失去信心、遭遇挫折。因此，如果跟能幫助你正確開始的《IP 時代必備的創作指南》一起出發，那麼尋找只在傳聞中聽過的未知大陸的旅程，就不再是充滿不確定期待的開端，而是會成為一段充滿自信的創作過程。

AjS《晚來的梅雨季》《27-10》

為「連載」網路漫畫提供了明確的指南，對連載的茫然苦惱提出了及時、明確的解決方法。然後跟你說：「不照樣做也沒有關係。」

EDDiERiNG《垃圾就該丟進垃圾桶裡！》

當你受困在創作的痛苦中時，這本寫作書能同時與你產生共鳴、理解你並且提出解決方法，讓你重新執筆並繼續前行。在彷彿獨自走在黑暗隧道中的茫然創作之路上，它帶來了一絲曙光。

謝謝！